U0595079

立人天地

智慧大师

与
亨利·戴维·梭罗 对话

[英]艾伦·雅各布斯 编

杨改娇 刘畅 译

黑龙江出版集团

黑龙江教育出版社

版权登记号：08-2017-005

图书在版编目（CIP）数据

与亨利·戴维·梭罗对话 /（英）艾伦·雅各布斯
（Alan Jacobs）编；杨改娇，刘畅译 . -- 哈尔滨：黑
龙江教育出版社 , 2017.1
ISBN 978-7-5316-9104-4

Ⅰ. ①与… Ⅱ. ①艾… ②杨… ③刘… Ⅲ. ①散文集
–美国–近代②诗集–美国–近代 Ⅳ. ① I712.14

中国版本图书馆 CIP 数据核字（2017）第 012291 号

与亨利·戴维·梭罗对话
YU HENGLI·DAIWEI·SUOLUO DUIHUA

作　　者　[英]艾伦·雅各布斯　编
译　　者　杨改娇　刘畅　译
选题策划　王毅
责任编辑　田洁
装帧设计　Amber Design 琥珀视觉
责任校对　张爱华

出版发行　黑龙江教育出版社（哈尔滨市南岗区花园街 158 号）
印　　刷　北京鹏润伟业印刷有限公司
新浪微博　http://weibo.com/longjiaoshe
公众微信　heilongjiangjiaoyu
天 猫 店　https://hljjycbsts.tmall.com
E－m a i l　heilongjiangjiaoyu@126.com
电　　话　010—64187564

开　　本　880×1230　1/32
印　　张　9
字　　数　200 千
版　　次　2017 年 3 月第 1 版　2017 年 3 月第 1 次印刷
书　　号　ISBN 978-7-5316-9104-4
定　　价　39.00 元

目 录
CONTENTS

亨利·戴维·梭罗生平传记　　　　1

序　　　　1

第一部分　超验主义者梭罗

人类生命的空虚　　　　3

对大自然的热爱　　　　13

智慧　　　　31

书籍　　　　37

漫步　　　　47

美国的思想　　　　61

复乐园　　　　73

第二部分　瓦尔登湖

康科德镇的生活　　　　　　　　91

简朴的生活　　　　　　　　　　109

我为何而活　　　　　　　　　　125

声音　　　　　　　　　　　　　147

孤寂　　　　　　　　　　　　　165

湖　　　　　　　　　　　　　　179

我的结论　　　　　　　　　　　193

美德　　　　　　　　　　　　　199

人类　　　　　　　　　　　　　213

土地　　　　　　　　　　　　　225

拾遗　　　　　　　　　　　　　237

亨利·戴维·梭罗作品一览表　　　247

参考文献　　　　　　　　　　　249

作者简介　　　　　　　　　　　254

亨利·戴维·梭罗生平传记

　　亨利·戴维·梭罗（Henry David Thoreau），1817年7月12日生于马萨诸塞州的康科德镇，是美国颇具影响力的杰出作家，其父是约翰·梭罗（John Thoreau），其母是辛西娅·邓巴（Cynthia Dunbar）。亨利在家排行老三，哥哥叫约翰（John），姐姐叫海伦（Helen），妹妹叫索菲亚（Sophia）。他的父亲是一个铅笔制造商，但他却跟随外祖父阿萨·邓巴（Asa Dunbar）的脚步，进入哈佛大学学习。他的外祖父阿萨·邓巴曾在1766年领导了哈佛黄油叛乱，那是一场针对食品质量问题的学生抗议活动，在这次抗议活动中，阿萨·邓巴表现出强烈的激进主义倾向。

　　1835年，为了在马萨诸塞州康科德镇上的一所学校教书，梭罗向学校请了假。1837年，从哈佛大学毕业后，他返回家乡康科德镇，在当地一所公立中学继续从事教书工作，这在当时对于一个大学毕业生来说是份相当不错的工作。但没过几周，因强烈反对体罚学生，梭罗辞去了教书的工作。第二年，亨利跟他的哥哥约翰在康科德合作开办了一所更具进步意义的文法学校，并取名为康科德学院，学院鼓励学生积极投身到当地的社区活动并融入周围的自然环境中。然而不幸的是，约翰在1842年死于破伤风，学校也因此被迫关闭。

　　毕业回到家乡之后，梭罗结识了拉尔夫·瓦尔多·爱默生（Ralph Waldo Emerson），此后一直深受其影响。爱默生是梭罗的人生导师，他们之间的亲密关系让他对梭罗的生活有了更深的了解。他积极鼓励梭罗去从事诗歌和散文的写作，并介绍他认识了文学界一些著名的作家学者，其中包括玛格丽特·富勒（Margaret Fuller）①、威廉·埃勒里·钱宁（William Ellery Channing）②、阿莫斯·布朗森·奥尔科特（Amos Bronson Alcott）③ 和纳撒内尔·霍桑（Nathaneil Hawthorne）④。

---

① 玛格丽特·富勒（1810—1850年），美国著名的作家、评论家、社会改革家、早期女权运动领袖。她是新英格兰先验论派的著名成员，并于1840—1842年间负责先验论杂志《日晷》（The Dial）的编辑工作。

② 威廉·埃勒里·钱宁（1780—1842年），美国历史上著名的宗教思想家、社会改革者，唯一的神教派（否认三位一体）的使徒，他的"神像"的讲道，被认为是美国最早的超验主义表述之一，他还是梭罗的好友。

③ 阿莫斯·布朗森·奥尔科特（1799—1888年），美国19世纪教育家、改革家和新英格兰先验论哲学家。出身于贫苦农民家庭，自学成才，后为儿童办学，其教育理论在很大程度上受苏格拉底的影响。

④ 纳撒内尔·霍桑（1804—1864年），19世纪上半叶美国最伟大的小说家，美国心理分析小说的开创者，浪漫主义小说家、象征主义小说家，是美国超验主义的代表人物。代表作有《红字》（The Scarlet Letter）。

1863年，爱默生在他的日记中这样写道：

在阅读亨利·戴维·梭罗的日记时，我能感受到他浑身散发的活力。那不管是在林中行走、劳作还是调查都会展现的顽强力量，那农夫下地劳作时所需要的敏捷的双手，在我看来都是对体力的一种消耗，可梭罗却在他的作品中表现了出来。他拥有着我正渐渐消退的力量、冒险精神和行动力。在读他的作品时，我发现自己与他有着同样的思想、同样的精神，但他勇敢往前跨了一步，用生动的形象阐述了他的思想和精神，而我只是笼统地概述了自己的思想和精神。这就好比我走进一个体育馆，看见年轻人用他们那无与伦比的力量在跳跃、攀登、旋转——尽管他们的举动只是我最初搏斗和跳跃的延续。

当爱默生问梭罗："你写日记吗？"梭罗马上做出了回应。

于是我今天马上就动笔写。为了独处，我发现有必要逃避现有的一切，甚至包括我自己。我怎么能在罗马皇帝装满镜子的房间里独处呢？我要找一个阁楼。一定不要去打扰那里的蜘蛛，不要去打扫那里的地板，也不要去整理堆放在那里的破旧杂物。在爱默生家里，我发现对我来说，美洲印第安人的魅力在于他们可以无拘无束地生活在大自然中，他们是大自然的居民而不是客人，他们的穿戴也来自大自然，宽松而优雅。而文明人的习惯是要拥有一所房子。他的房子就如同一座监牢，提供给他的不是遮蔽和保护，而是压迫和禁锢。他走起来仿佛是支撑着屋顶；他双臂摆动的姿势就像墙壁会掉下来压到他；他走路时脚下也时刻注意着地板下的地窖。他的肌肉从未放松过。征服自己住的屋子，学会坐在屋子里享受家的感觉，让屋顶、地板和墙壁像天空、树木和大地那样给他提供庇护，这种情况真是太罕见了。闲庭漫步真是一门了不起的艺术。爱默生也是评论家、诗人、哲学家，他所具有的才华不那么显眼，似乎不足以胜任他的工作；可他的领域仍在扩展，他所要完成的任务也越发艰巨。他过着一种远比别人更紧张的生活；奋力去实现一种更神圣的生活；他的智商和情商得到同样的发展。假如再往前一步，他的面前便会有一片新的天地。爱情、友情、宗教、诗歌和神灵都与他亲密无间。一个艺术家的生活，更加绚烂多彩，具有更加敏锐的观察力和知觉；虽不那么强健，也不那么灵活，但却在自己的领域里脚踏实地。世上没有人能如他这般全面地评论万事万物，也没有人能如他这般忠诚。高尚的品格在他身上体现得比任何人都多：他是一个无条件赞美上帝的诗人评论家。爱默生拥有出众的才华，他身上的高尚品格无法用言语来表达。他对于年轻人的影响比任何人都大。在他的世界里，每个人都是诗人，爱统治着这个世界，美好的事情在发生，人与自然和谐相处。我曾与爱默生交谈过，或者说试图与他交谈过，这让我忘记了时间——不，是让我几乎忘记了自己。他假定了一个不存在任何不同意见的矛盾命题，他向微风倾诉——告诉我我所知道的一切——而我在将自己想象成他人来反驳他的过程中忘记了时间。

在爱默生的关照下，1840年，玛格丽特·富勒同意发表梭罗向她主编的季刊《日晷》所投的诗歌和散文。

爱默生、富勒和奥尔科特都是美国超验主义哲学运动的领军人物，他们认为理想的精神状态是超越物质的、经验的状态而存在的，洞察力源于直觉而非宗教教条；人类与自然内在固有的善良美好可以被组织机构所腐化。难怪年轻的梭罗对这种精神意识和自然观十分赞同。

美国的超验主义者从一系列的精神原则中获得了灵感，其中包括德国伊曼努尔·康德（Emmanuel Kant）①的唯心主义，歌德（Goethe）②领导的德国浪漫主义文学运动，以及印度教经文，尤其是《薄伽梵歌》（*Bhagavad Gita*）和《奥义书》（*Upanishads*）。梭罗在他最著名的一本散文集《瓦尔登湖》（*Walden*）中经常提到：吠陀思想和超验主义运动的许多成员都对他产生过很大的影响。他曾写过下面这样一段话：

---

① 伊曼努尔·康德（1724—1804年），德国著名哲学家，德国古典哲学开创者和奠基人，康德的哲学主要关注认识论和形而上学问题，其学说深深影响近代西方哲学，并开启了德国唯心主义和康德主义等诸多流派。

② 歌德（1749—1832年），德国著名的思想家、作家、科学家，是魏玛古典主义最著名的代表人物。而作为诗歌、戏剧和散文作品的创作者，他是最伟大的德国作家之一，也是世界文学领域的一个出类拔萃的光辉人物。代表作有《少年维特之烦恼》。

清晨，我将自己沉浸在薄伽梵歌惊人的宇宙演化哲学中，因为那认为宇宙由众神组成的时代已慢慢消逝，而且我们的现代世界及其文学与之相比显得微不足道。我都怀疑它的哲学指的是否就是最初的存在状态，它的崇高远远超出了我们的理解。我放下书本，起身去井边打水。快看！我在那里碰到了婆罗门的仆人，梵天、毗湿奴和因陀罗的祭司，而他们的主人要么是坐在位于恒河之上的庙宇里诵读吠陀经，要么是拿着水壶和面包坐在大树下冥想。我碰到他们的仆人来给他们打水，我们的木桶在同一口井里碰撞摩擦。纯净的瓦尔登湖水与神圣的恒河之水就这样交融在了一起。

简单点说，它可以被称作是一种对人类精神发展的全面乐观论。自力更生也好，简单的公共生活也罢，都遵循这样一个准则：灵魂本身就是一个微观世界，反映着整个宏观世界中的万事万物。另一种对梭罗产生重要影响的思想就是：瑞典神秘主义者伊曼努尔·斯韦登伯格（Emanuel Swedenborg）[1] 的天命神学，后来发展成为一种普世教会。

在1841—1844年期间，梭罗一直住在爱默生的家里，是爱

---

[1]　伊曼努尔·斯韦登伯格（1688—1772年），瑞典科学家、神秘主义者、哲学家和神学家。被誉为"西欧历史上最伟大、最不可思议的人物"，宇宙学和人类灵魂的本质是他在哲学研究方面的两大主要方向。代表作有《天堂与地狱》(*Heaven and Hell*)、《诠释启示录》(*Apocalypse Revealed*) 等。

默生的杂务总管、编辑助理，也是他孩子的家庭教师。1843年，梭罗在斯塔顿岛上的爱默生哥哥威廉的家中生活了一段时间，也是做家庭教师。这期间，他结识了很多有名的作家和记者。也是在这里，他碰到了后来成为他文稿代理人的霍勒斯·格里利（Horace Greeley）。

回到康科德之后，梭罗到父亲的铅笔制造厂去工作，后来又继承了铅笔制造厂，这确保他的一生都能有个稳定的生活。他积极地监管工厂，并引进了一种新工艺，使用劣质石墨制成的铅笔的质量得到提高。后来，他把制造铅笔的工厂进行改造，用于生产一种排版机使用的石墨。

很显然，要在生存和写作之间取得平衡不是件容易的事情，但梭罗需要有绝对的空间和安静的环境来从事他的写作。1845年3月，埃勒里·钱宁告诉梭罗："给自己建一个小屋，然后将自己完全隔绝，全心投入到写作中去。除此之外，你别无选择，也毫无希望。"很快，梭罗便开始了他为期两年的试验，移居到瓦尔登湖畔的森林中过简单的隐居生活。他听取了钱宁的建议，在风景秀美的林地和草场上亲手建造了一个小屋，而建造小屋的这片土地是属于爱默生的并且离他的家也不远。

第二年七月，因连续六年拒交人头税，梭罗被当地的一个税收员起诉入狱，这件事对他产生了巨大的影响。梭罗拒交人头税是为了表明他对于奴隶制和美墨战争的反对。他很乐意待在牢中，以此来强调自己的政治立场，但是第二天一大早他就被释放了，因为他的姑姑慷慨地替他代交了所有的税款。1848年1—2月，梭罗在康科德学园里发表了题为"相对于政府而言，个人的权利和义务"的演说，并在演说中详细解释了他为何将拒交人头税当作是一种抵抗方式。这个演说后来被修改润色成著名的政论《抵制国民政府》（*Resistance to Civil Government*），又名《论公民的不服从权利》，并于1849年5月在《美学论文》杂志上发表。梭罗还从珀西·比希·雪莱（Percy Bysshe Shelly）的政治诗篇《暴政的假面》（*The Mask of Anarchy*）获得一些感悟，诗中描述了一种民众对抗不公的"非暴力抵抗"的斗争形式。梭罗的政治演说，也即后来的著作《论公民的不服从权利》，对民众有着深远的影响，也鼓舞了后世很多著名的人物，其中包括圣雄甘地（Mahatma Gandhi）、马丁·路德·金（Martin Luther King）、纳尔逊·曼德拉（Nelson Mandela）和肯尼迪兄弟。

在瓦尔登湖畔居住期间，梭罗继续进行他的写作，并完成了《康科德与梅里马克河上的一周》（*A Week on the Concord and Merrimack Rivers*）的初稿，这本书描述了1839年，他和哥哥约翰一起去怀特山旅行的所见所闻。由于找不到出版商投资，梭罗听取了爱默生的建议，自己出钱印刷了一千本，让爱默生的出版代理商芒罗（Munroe）发行。但遗憾的是，才卖出去不到三百本——而爱默生的出版代理商几乎没对这本书做什么宣传。这次的失败让梭罗欠下了一大笔债，后来他用了好几年才还清这些欠债。

1846年8月，梭罗前往缅因州的卡塔丁山去旅行，这次旅行为他写散文"卡塔丁"提供了很好的素材，随后这篇散文还作为第一部分收录在《缅因森林》（*The Maine Woods*）中出版。1847年9月6日，梭罗彻底离开瓦尔登湖，重新搬回到爱默生的家里。随后的几年，他将全部的精力都投入到《瓦尔登湖》（*Life in the Woods*）的写作上，这本书于1854年出版，后来成为一部具有深远影响的伟大作品。书中详细描述了梭罗在瓦尔登湖畔的生活经历，他把自己在瓦尔登湖畔生活的两年多时间浓缩成一年，以四季的变换来象征人类的发展。这本书最初并不是很成功。它是一部杂糅了自传、社会试验、自给自足和精神追求等一系列主题的书。但是，如今它却被当成一部关于自我决定的经典之作，一部独一无二的探索自然之朴素和谐与生态之美的美国文学作品，还是理想的社会和文化条件下，理想生活模式的最佳典范。

1848年，梭罗离开了爱默生的家。一直到1850年他才稳定下来，此后一直到他过世之前，都没再搬过家。他的日记很好地记录了他对于自然史越来越浓厚的兴趣。仿照达尔文（Darwin）的《贝格尔号航海记》（*Voyage of the Beagle*），梭罗通过近距离观察自然界中的各种变化，详细地记录了康科德当地的自然史。而对于他后来成为一个土地测量员，且二十四年间一直坚持记日记这件事，我们也不会感到惊讶。他的日记都有笔记注释作为补充，这些都为他后来写自然史提供了原始材料。当一些文学评论家批判他对于自然科学的追求不过是蜻蜓点水时，一些学者从环境史的角度对他的作品做出了评价，大加赞赏了他作品中表现的科学手段和哲学方法。他的散文集《森林乔木的演替》（*The Succession of Forest Trees*），为研究林木再生以及动物和天气在种子传播过程中的作用，提供了一个梭罗式精确科学的方法。

1859年10月，为了支持废奴主义者约翰·布朗（John Brown）[①]的行动，梭罗发表了题为《为约翰·布朗上校请愿》（*A Plea for Captain John Brown*）的演说。为了发动奴隶起义，布朗攻占了位于哈珀斯费里的兵工厂和军械库；不过这场叛乱很快就被罗伯特·李（Robert E Lee）[②]率领的军队给镇压下去，而布朗则于1859年12月被处以绞刑。很多人，包括一些很有名的废奴主义者，都认为布朗的行动是鲁莽且无用的。但梭罗在他的演说中，以颇具说服力的论证为布朗申辩，并引导人们认同布朗是为了解放黑奴这项伟大的事业而献出了宝贵的生命。1861年，美国内战爆发，北方军队高唱着约翰·布朗之

---

① 约翰·布朗（1800—1859年），出生于康涅狄格州一个白人农民家庭。其父为废奴主义者，布朗从小受反奴隶制思想的熏陶。1856年曾参加堪萨斯内战，赢得胜利。1859年他领导美国人民在哈伯斯费里举行武装起义，要求废除奴隶制，并逮捕一些种植园主，解放了许多奴隶。他的起义最后被镇压，他被逮捕并杀害。

② 罗伯特·李（1807—1870年），美国军事家，出生于弗吉尼亚。他在美墨战争中表现卓越，并在1859年镇压了约翰·布朗的武装起义。在美国南北战争中，他是美国南方联盟的总司令。内战中，他在公牛溪战役、腓特烈斯堡战役及钱瑟勒斯维尔战役中大获全胜。

歌，歌词里这样写道："约翰·布朗虽死，但他的精神将永垂不朽！"

1835年，梭罗感染了肺结核，随后每年都会复发，这让梭罗的健康日渐衰退。1859年，由于他大晚上顶着狂风暴雨在大自然中漫步，导致支气管炎发作，让他的疾病进一步恶化，而且在接下来的三年中都没有什么太大的起色。虽然最后卧床不起，但梭罗仍在继续修改润色他要出版的《缅因森林》和《远足》（*Excursions*）的手稿，并对《瓦尔登湖》和《康科德和梅里马克河上的一周》的修订版进行审查。尽管在他的信件和日记中还有很多可写的条目，但他已无力去添加了。他平静地接受了死亡的来临。当他的姑姑问他："你跟上帝讲和了吗？"他回答道："我都不知道我们曾吵过架。"

梭罗临终前最后的话是："从今往后一切都将越来越好"，紧接着又说了两个毫无关联的词："麋鹿"和"印第安人"。他死于1862年5月6日，死时年仅四十四岁。在葬礼上，阿莫斯·布朗森·奥尔科特选读了一些梭罗自己的作品；埃勒里·钱宁——梭罗的朋友与传记作家，为他创作了一首感人的赞美诗；而那时颇具影响力的拉尔夫·瓦尔多·爱默生则为他写了悼词。梭罗开始被葬在了邓巴家族的墓园里，后来他和自己的家人一起被移葬到了马萨诸塞州康科德的沉睡谷公墓里。

埃勒里·钱宁所写的《梭罗——自然主义诗人》（*Thoreau the Poet-Naturalist*）是梭罗的第一篇传记，于1873年出版；19

世纪90年代，钱宁与哈里森·布莱克（Harrison Blake）合作出版了梭罗的其他一些散文、诗歌和日记。梭罗的日记，曾为梭罗一生所发表的散文提供原始材料，于1906年全部出版，让我们对于他的政治立场和自然观有了更深的理解。国际梭罗协会确立了梭罗是美国文学史上最伟大的作家之一的地位。

序

亨利·戴维·梭罗（1817—1862年），在当时群星闪耀的文学领域里，他无疑是其中最聪明、最具才华的人之一。他和拉尔夫·瓦尔多·爱默生以及著名的诗人沃尔特·惠特曼后来都成了美国超验主义运动最具感召力的领导者。

超验主义源自于爱尔兰主教、哲学家乔治·贝克莱（George Berkley）、伟大的德国马格德堡圣人——伊曼努尔·康德和他的许多追随者，比如著名的思想家亚瑟· 叔本华（Arthur Schopenhauer）①和乔治·威廉·黑格尔（George

---

① 亚瑟·叔本华（1788—1860 年），德国哲学家，他继承了康德对于现象和物自体之间的区分，他认为物自体可以通过直观而被认识，将其确定为意志。意志独立于时间、空间，所有理性、知识都从属于它。叔本华影响了尼采、萨特等诸多哲学家，开启了非理性主义哲学。

William Hegel）[①]等人的哲学思想。这是一场被宽泛命名为超验唯心主义的运动，与当时广泛流行的实证唯物主义形成鲜明的对比。唯心主义者希望以先验原则作为认识世界的基础，他们对于世界的认识不是基于由具有欺骗性的感官体验所伪造的观察，而是源于人类内心世界的精神实质。与此同时，《薄伽梵歌》和《奥义书》等经典的印度教经文和哲学典籍被相继翻译并传入欧洲。很快，人们发现这些经文和典籍与新兴的西方超验唯心主义哲学能和谐共处，并在一定程度上对超验唯心主义哲学产生影响。除了这些经文的来源之外，美国的超验主义者也研读了英国浪漫主义运动代表人物的许多作品，比如托马斯·卡莱尔（Thomas Carlyle）[②]和塞缪尔·泰勒·柯勒律治（Samuel Taylor Coleridge）[③]，他们对于这些具有重大意义的思想也有一定的研究。

在超验主义运动的成员中对梭罗影响最深远的是拉尔夫·瓦尔多·爱默生，他是梭罗的良师、向导和益友。爱默生比梭罗年长十四岁，1837年春天，梭罗从哈佛毕业之后，他

[①] 乔治·威廉·黑格尔（1770—1831年），德国19世纪唯心论哲学的代表人物之一，许多人认为，黑格尔的思想标志着19世纪德国唯心主义哲学运动的顶峰，对后世哲学流派如存在主义和马克思的历史唯物主义都产生了深远的影响。

[②] 托马斯·卡莱尔（1795—1881年），苏格兰评论家、讽刺作家、历史学家，代表作有《法国革命》（*The French Revolution*）《过去与现在》（*Past and Present*）等。

[③] 塞缪尔·泰勒·柯勒律治（1772—1834年），英国诗人和评论家，是英国浪漫主义运动的代表人物。他的一生都致力于把伊曼努尔·康德以及其他德国哲学家的理论介绍给英国读者，代表作有《忽必烈汗》（*Kubla Khan*）等。

们成了很亲密的朋友，这种亲密关系一直维持了五六年。在这期间他们一直通信联系。跟梭罗同时代的人曾开玩笑地称道：有一段时间，他甚至连走路、说话、梳头的动作都跟爱默生一样。爱默生很欣赏梭罗的直率、坦诚和幽默，并觉得他是个很有才华的人。爱默生早期对于梭罗的影响，清楚地呈现在这个年轻人的自然观以及他对于自然世界的偏爱中。就像梭罗在他的著作《瓦尔登湖》中所描述的那样，在过一种典型的、"自然"的生活方面，他已经超越了他的导师。爱默生，虽然在哲学思想方面很擅长，但在体力劳动和照料动物方面却很笨拙。

　　《瓦尔登湖》，梭罗最著名的一部作品，是当代美国文学皇冠上最珍贵璀璨的一颗珠宝。这本书一部分是个人独立自主的宣言书，但同时也包含了社会试验、有远见的生态环保和精神追求等主题，还是自给自足生活的实用指南。这本书鼓舞了一大批想要远离都市令人厌烦的喧嚣与堕落，独自回归大自然去生活的人们。《瓦尔登湖》于1854年出版，书中详细记录了梭罗在瓦尔登湖畔的小屋中两年零两个月又两天的全部生活经历，瓦尔登湖靠近马萨诸塞州的康科德镇，四周被一片美丽的绿林包围，而这片林地是属于爱默生的。梭罗从未打算要过隐士的生活，因为他会定期接待访客，也会定期去回访他们。当然，他希望将自己与都市社会完全隔绝也是为了对现代社会有一个更客观的认识。受超验主义哲学的影响，简朴生活和自给自足一直都是梭罗追求的目标，后来还成了美国浪漫主义时期的主旋律。梭罗在这本书中很清楚地指出，实际上，瓦尔登湖畔的小屋离他的家只有两英里的距离，并不是被完全隔绝在偏僻的森林中。

梭罗本身也是一个富有才华的杰出诗人。他的一生，除了创作很多大大小小的诗篇之外，还时常在他的日记、散文和作品中加入自己的原创诗歌。爱默生曾这样评价梭罗："我想，他无疑是毫无诗意的美国森林中响起的最纯净也最高尚的旋律。"梭罗自己也说过："诗歌是一段十分私密的故事，能让我们悄无声息地深入到一个人生活的秘密中去。"他的诗作《我是一束无用的挣扎》（*I Am a Parcel of Vain Strivings Tied*）具有很深奥的心理学意义，且一出现便被广泛地收录到各种诗歌选集中。他经常向由爱默生和玛格丽特·富勒主编的文学刊物《日晷》投稿。他写道："我对我的读者只有一个要求，那就是在评论这些诗歌时，一定要投入自己最真实的情感。在这本选集里，我在每一篇散文节选中都插入了一首诗。"

梭罗主张诗歌的功能就是揭示大自然的真实，他的许多著名诗篇都是对于大自然的沉思。他似乎特别容易被雾蒙蒙的朦胧景象给打动，诗歌《轻烟》（*Haze*）和《薄雾》（*Mist*）就是最好的证明。这些诗歌也包含了神秘主义元素，它们以对物体的祈祷形式呈现，诗人试图去理解这些形式的含义。十行诗《烟》（*Smoke*）或许是梭罗最著名的诗篇之一，并出现在《瓦尔登湖》"乔迁之喜"那一章里。在诗中，梭罗描述了黎明时分村庄上空袅袅升起的炊烟，并将它比作希腊神话中叛逆的伊卡洛斯。诗人就像一团火焰，而炊烟则是献给上帝的诗篇。但是，这首诗不仅没有如诗人所希望的那般阐明了绝对的真理，反而将其弄得更模糊。其他的诗作反映了梭罗对于以灵感为主题的诗歌艺术的态度。在诗歌《灵感》（*Inspiration*）中，诗人哀叹自己在受到鼓舞时对于大自然的感觉不能完美无瑕地转化为行动。在《诗人的延误》（*The Poet's Delay*）和《我是一束无用的挣扎》（又名*Sic Vita*）中，梭罗表达了自己对于在无限惊奇的世界中艺术家的有限性的感慨，其实也是在感慨他自己的有限性。梭罗诗篇中包含的其他主题有：人际关系［《同情》（*Sympathy*）、《友谊》（*Friendship*）、《爱》（*Love*）］，神秘体验［《天堂鸟》（*Bluebird*）］，自由［《独立》（*Independence*）］，生命的短暂［《秋》（*Autumn*）］。

在爱默生提议下，梭罗开始动笔写日记，他的文学日记认为是日记体裁的经典之作，而且至今仍是许多自然日记写作者的灵感之源。他坚持写了24年的日记，共计200万字。亨利·戴维·梭罗写日记的方式在不断地变化与改进；他的日记是他研究自然必不可少的东西，且其中包含了他最棒的写作。他于1837年10月22日开始写日记，那时他刚从哈佛大学毕业没几天。此后，他几乎每天都坚持写日记，一直到1861年11月3日，七个月之后，也就是1862年5月6日，他病逝了。1852年左右，亨利·戴维·梭罗停止为了出版而进行的写作，把主要精力都集中在他的日记上，那时已完成了十四卷。他著名的散文，比如《漫步》（*Walking*）、《秋之色调》（*Autumnal Tints*）和

《野果》（*Wlid Apples*）都是从这些日记中取材的。提到诗人，他曾这样说过："对诗人来说，还有什么比一本好的日记更重要？"

梭罗也是一个伟大的散文家。他的散文写作已达到炉火纯青的地步，且包含了一系列重要的主题。他还是一个狂热的社会评论家，在著名的《论公民的不服从权利》中，他提出了如何通过有组织的国民抵抗来取得对抗专制独裁政府的胜利，后来圣雄甘地和马丁·路德·金的民主斗争皆受此文的影响。它同时也影响了列夫·托尔斯泰（Leo Tolstoy）和约翰·肯尼迪（John F. Kennedy）。在文章中，梭罗强有力地指出，民众不应该让政府统治或泯灭他们的良知，且每个人都有义务避免这样的默许，防止政府让他们变成不公的行动者。而对奴隶制和美墨战争的厌恶，也是促使他写作本文的原因。

在这篇著名的政论中，最经典的一段引文是：

如果不公正是政府机器必然产生的摩擦的一部分，那么就让它去吧，让它去吧；或许它会磨合好——但机器终将会被磨损掉。如果不公正有专属于自己的弹簧、滑轮绳索和曲柄，那么你或许会考虑修正的结果会不会比原来的谬误更糟；但是，如果不公正的本质是要你以其人之道还治其人之身时，要我说干脆就别管这法律法规了。以你的生命作为反摩擦的机制来制止这部机器吧。我所要做的就是，确保自己无论在什么情况下都不要为自己所谴责的错误效劳。

梭罗强烈反对奴隶制，他认为奴隶制是对人类尊严的一种践踏。在《马萨诸塞州的奴隶制》（*Slavery in Massachusetts*）一文中，他强有力地表达了自己的观点。这篇文章是基于1854年他在一场反对奴隶制的公开集会上所做的演说，起因是波士顿一个逃亡的奴隶被捕。在演说中，他指出：

波士顿的法院大楼前又一次满是荷枪实弹之人，他们逮捕囚犯并对其进行审问，以便弄清楚他们是否为奴隶。有谁会认为法官或上帝在等待洛林先生[①]的决定呢？当这场审问的结果早已经被永远地决定了，且那个目不识丁的奴隶以及周围的人群都早已获悉并赞同那个决定时，洛林先生却仍端坐在那里，拍板定案，这个行为让他看起来荒谬可笑。我们可能会忍不住想要问他是从谁那里接到的委托，他凭什么接受这样的委托；他遵循的是哪些不为人知的法律法规，又是以哪些先例作为权威。这样一个仲裁者的存在本身就是不合情理的。我们不应该让他来做裁决，而应该让他打包走人。

梭罗另外一篇被广泛引用的经典作品《无原则的生活》（*Life Without Principle*），文中他强烈批判了美国的社会体制

---

① 爱德华·G. 洛林（1802—1890年），马萨诸塞州的法官，曾参照1850年的《逃亡奴隶法》（*Fugitive slave law*）下令将伯恩斯抓回并送至其南方的"主人"家。

与就业问题。在这部作品中，梭罗传达了很多超验主义的精神，使得这篇文章增色不少。他呼吁人类要追求诚恳和真挚的思想在下面这段引文中清楚地展现了出来：

公正地来讲，我所认识的精英并不是平静地如一潭死水，他们胸中自有丘壑。大多数情况下，他们居住的形式多种多样，他们比其他人更加精细地建造和研究他们的住所。我们选择花岗岩来打造房屋和粮仓的地基；我们用石头修建栅栏；但我们本身并不信赖由花岗岩所建成的根基——那种来自最底层的原始基石的力量。我们的基石已经腐烂。那些无法与我们思想中最纯粹最精细的真理共存的人，究竟是用什么材料造就的？我时常指责那些我所熟识的精英朋友们太过轻浮的行为；因为如果我们没有受到礼遇和赞美，我们就无法教给其他人类似动物间的坦诚和真挚，或者是磐石般的坚硬和顽强。但是，错误通常是相互的；因为我们并不习惯于向对方要求太过。

梭罗许多经典著名的散文都是对于他所热爱的大自然的精彩描述，这些散文最后都被收录在《远足》这本书中，并在 1863 年予以出版。其中包括《步向瓦修塞特》(*A Walk to Wachusett*)、《冬日漫步》(*A Winter Walk*)、《森林乔木的演替》《秋之色调》《野果》和《夜晚与月光》(*Night and Moonlight*)。

下面一段引自《漫步》中的话，很好地展现了他在自然写作方面的天赋与才智。他所有关于大自然的文章都包含有形象生动的描绘，并注有明智的评论。

对我来说，希望与未来不是在草地与农田里，不是在城镇与都市中，而是在难以渗透的沼泽中。之前，每当分析完我对于早已打算要购买的一些农场的偏爱时，我时常发现自己仅仅是被它那几平方米大小、难以渗水且深不可测的沼泽所吸引——这个沼泽不过是农场角落里的一个天然水池而已，是闪耀得让人睁不开眼睛的宝石。我在所住城镇周围的沼泽中获得了比在乡村的种植园中更多的粮食。在我看来，没有比那些茂密矮小的马醉木 ① 丛林（地桂 ②）更加繁盛的花坛了，它们覆盖在地球表面柔软的地方。植物学也只是告诉了我们生长在那里的灌木的名字——高灌蓝莓、散穗状的马醉木、狭叶山月桂 ③、杜鹃和北美杜鹃——这些植物都生长在泥炭藓沼泽中。我常常想，要是我的门前能有大片暗红色的灌木丛其实也挺好的，这样就可以省掉其他的花坛和绿化带，移植的云杉和装饰

---

① 马醉木，杜鹃花科马醉木属，为常绿灌木，是观赏植物。树高通常在 0.8～3m 之间。马醉木株形优美，叶片色彩诱人。

② 地桂，杜鹃花科地桂属，又名湿原踯躅（中国高等植物图鉴）、甸杜（东北木本植物图志、内蒙古植物志），是常绿小灌木，为无性系植物，主要分布于泥炭沼泽中。

③ 狭叶山月桂，学名 Kalmia angustifolia，欧石南科稀疏的直立灌木。高 0.3～1.2 公尺，叶光滑似革，常绿，花鲜艳，粉红至玫瑰色，含有毒素，主要生长在北美洲西北部废弃的牧场和草甸的贫瘠土壤中。

框，还有沙砾铺成的小路——在我的窗户下面，是一片肥沃的土壤，而不是从外面运过来的土壤，覆盖在挖地窖时被抛出的沙土上面。为何不把我的房子（我的客厅）建在这片灌木丛后面，而是建在了我称之为前院的后面——那前院不过是好奇心的汇聚之地，是有名无实的自然和艺术的结合之地。在木匠和泥瓦匠离开之后，清扫前院让它看上去干净整洁还需费很大的力气，尽管路人和里面的居住者已经做了很多。前院里最雅致美观的栅栏从来不是我喜欢的研究对象；最精致的装饰，最上等的椽子，很快就让我感到疲倦和厌烦。让你的门槛紧邻沼泽的边缘（尽管这里可能不是挖干燥地窖的最佳场所），如此一来紧邻沼泽的那端便不能出入了。前院的作用不是为了让你进入院内，而顶多只是穿过它，但你可以从后面进入到院内。

梭罗还写了很多半政治文章和哲学文章，其中最受评论家和民众喜爱的便是《复乐园》［*Paradise（to be）Regained*］。下面的这段节选很好地表现了他对于自己所坚信和拥护的东西的热忱。

毫无疑问，大自然的简单能量，如果能被人们适当地利用，便可使世界健康，并将世界变为乐园；就像人体自身的规律必须得到尊重时，人们才能重获健康，重拾幸福。我们的灵丹妙药仅能治愈寥寥几种疾病，我们的综合医院为私人所有且仅为少数人专用。我们需要另一位健康女神，而不是现在膜拜的这位。庸医开药，难道不是孩子小剂量，成人的剂量大一点，牛马的剂量更大一点吗？别忘了，我们现在是要给我们的星球本身开处方。

最后，在总结和概括梭罗这位伟大的美国作家和博学之人无与伦比的才能和他对文明的持久贡献时，我们被他广泛的兴趣爱好以及他坚决拥护并为之奋斗的很多崇高事业所震撼。首先，他是一位著名的优秀作家，不仅同时代的人，就连后世之人也将其当成是整个文化界最重要、最具影响力的作家，这一点是最重要的。其次，他还是一个多产的天才诗人，用流畅娴熟的技巧和格律在诗歌中表达了他的自然主义和形而上学思想。他精通英诗格律的最高标准与要求，是一位古典诗人，但他的诗歌同时能融入美国的民间文化，从而使普通民众也能读得懂。此外，他也是一个人道主义者和坚定的废奴主义者，他痛恨美国南方诸州的奴隶主对其奴隶的残暴虐待。他用文笔和演说奋力抗争，并终止了这令人痛恨的做法。他尊重并拥护土著美国印第安人的权利，他认为他们的文明和生活方式正如经常被描绘的那样，是超自然的，是崇高的。

作为一个演说家，他的演讲颇具影响力和活力，能让听众为之着魔。他强烈反对那些强加在人们身上的不公正的税收，而且不论何时，不管何地，只要碰到这种不公正的行为，他就会用他的文章和演说对此进行披露。他认为正直之人应该通过个人的消极抵抗来反抗任何对其国民不道德的政府。他影响和鼓舞了包括圣雄甘地、列夫·托尔斯泰、马丁·路德·金、大法官威廉·奥威尔·道格拉斯（William O. Douglas）①以及肯尼迪三兄弟等一批伟大的人物。此外还有很多艺术家和作家都承认受到过梭罗的影响，其中包括马塞尔·普劳斯特（Marcel Proust）②、威廉·巴特勒·叶芝（William Butler Yeats）③、辛克莱·刘易斯（Sinclair Lewis）④、欧内斯特·海明威（Ernest Hemingway）⑤、

① 威廉·奥威尔·道格拉斯（1898—1980 年），担任美国最高法院大法官一职长达三十六年。他是历史上任职时间最长的大法官，曾被时代周刊称作是最坚定和最教条主义支持公民权利的自由派大法官。他还是一个极端独立自主的人，且从不逃避争论。

② 马赛尔·普劳斯特（1871—1922 年），法国作家，出生于巴黎一资产阶级家庭，他的父亲是学者，母亲是富有的犹太经纪人的女儿。他自幼患哮喘病，终生受病魔缠身。他是具有独特风格的语言大师。他的句子有如九曲十八弯的江河，蜿蜒伸展。但有时也极其简洁灵活，锋利，辛辣。代表作《追忆似水年华》（A la recherche du temps perdu）是 20 世纪世界文学史上最伟大的小说之一。

③ 威廉·巴特勒·叶芝（1865—1939 年），爱尔兰诗人、剧作家和散文家，著名的神秘主义者，是"爱尔兰文艺复兴运动"的领袖，也是艾比剧院（Abbey Theatre）的创建者之一。他的诗受浪漫主义、唯美主义、神秘主义、象征主义和玄学诗的影响，演变出其独特的风格。叶芝是 20 世纪爱尔兰文艺复兴运动的领导人。他是象征主义诗歌在英国的早期代表人物，对 20 世纪英国诗歌的发展产生过重要的影响。主要作品有《当你老了》（When You Are Old）、《芦苇中的风》（The Wind Among the Reeds）等。

④ 辛克莱·刘易斯（1885—1951 年），美国作家，毕业于耶鲁大学，一生创作出二十多部作品，是美国第一位诺贝尔文学奖获得者，获奖作品是《巴比特》（Babbitt），他的主要作品有《大街》（Main Street）、《巴比特》等。他的文学创作生涯可划分为三个时期，1920—1929 年是其"黄金时期"，他创造了地地道道的美国风格，其作品中反映出了女权主义意识。

⑤ 欧内斯特·海明威（1899—1961 年），美国作家和记者，被认为是 20 世纪最著名的小说家之一，是美国"迷惘的一代"（Lost Generation）作家中的代表人物，一向以文坛硬汉著称，他是美利坚民族的精神丰碑。其写作风格以惜墨如金且轻描淡写而著称，代表作有《老人与海》（The Old Man and the Sea）、《永别了，武器》（A Farewell to Arms）、《丧钟为谁而鸣》（For Whom the Bell Tolls）等。

厄普顿·辛克莱（Upton Sinclair）[①]、刘易斯·芒福德
（Lewis Mumford）[②]、弗兰克·劳埃德·赖特（Frank Lloyd
Wright）[③]、亚历山大·波西（Alexander Posey）[④]、乔治·萧
伯纳（George Bernard Shaw）[⑤]和爱德华·卡彭特（Edward
Carpenter）[⑥]。关于梭罗的传记有很多。美国著名作曲家查
尔斯·艾夫斯（Charles Ives）创作的《康科德钢琴奏鸣曲》
（*Concord Sonata*），其中有一个乐章是以梭罗命名的，并用梭

[①] 厄普顿·辛克莱(1878—1968年)，美国现实主义小说家，"社会丑事揭发派"作家。一生共著有小说和社会研究著作80余部，代表作有《屠宰场》(*The Jungle*)、《都市》(*The Metropolis*)、《世界的终点》(*World's End*)等。

[②] 刘易斯·芒福德（1895—1990年），他既是一位城市规划学家、哲学家、历史学家、社会学家和文学批评家，又是一位著名的技术史和技术哲学家，其著作涉及建筑、历史、政治、法律、社会学、人类学、文学批评等各方面，代表作有《技术与文明》(*Technics and Civilization*)等。

[③] 弗兰克·劳埃德·赖特（1867—1959年），美国最伟大的建筑师之一，在世界上享有盛誉。赖特师从摩天大大楼之父、芝加哥学派（建筑）代表人路易斯·沙利文，后自立门户成为著名建筑学派"田园学派"（Prairie School）的代表人物，崇尚自然的建筑观，代表作包括建立于宾夕法尼亚州的流水别墅（Fallingwater House）和世界顶级学府芝加哥大学内的罗比住宅（Robie House）。

[④] 亚历山大·波西（1873—1908年），美国著名诗人、记者、政治家。

[⑤] 乔治·萧伯纳（1856—1950年），爱尔兰剧作家，是世界著名的擅长幽默与讽刺的语言大师，同时他还是积极的社会活动家和费边社会主义的宣传者。他支持妇女的权利，呼吁选举制度的根本变革，倡导收入平等，主张废除私有财产。他主张艺术应当反映迫切的社会问题，反对"为艺术而艺术"，代表作有《圣女贞德》(*Saint Joan*)、《伤心之家》(*Heartbreak House*)等。

[⑥] 爱德华·卡彭特（1844—1929年），不仅是著名的英国社会主义诗人、哲学家，更是早期同性恋解放运动的先驱，他提倡的性解放深远地影响了D.H.劳伦斯的创作，代表作《中间之性》(*The Intermediate Sex*)，此书从社会学、历史学等多个角度全面地探讨同性之爱，为当时的同志运动带来了革命性的启发。

罗专属的长笛演奏。梭罗也影响了西班牙、法国和葡萄牙的许多个人无政府主义者。他是一个崇尚自然的环保主义者，强烈反对那种有损于美国风光之美的庸俗发展。著作《瓦尔登湖》让梭罗声名鹊起，且此书后来还成为在拥挤的都市环境中追求自由与独立的美国年轻人的指南，甚至成为他们的"圣经"。梭罗简朴、健康、自主、自然的生活方式为后世提供了一个范例，自《瓦尔登湖》首次在文学史上出现之后，这种生活方式就鼓舞了很多拓荒者和冒险者，时至今日，它仍然鼓舞着一批批的拓荒者和冒险者。

亨利·戴维·梭罗所写的著作、文章、散文、日记、信件和诗歌加起来共有二十多卷，且参考文献的数量超过一百部。或许他对于当代世界最有价值的贡献就是他关于自然史的写作，在写作中他很有远见地提出了关于生态与环保的方法论和发现。他的写作风格是将对大自然的密切观察、个人的亲身体验、修辞手段、象征意义以及历史经验和知识融合在了一起，这同时也表现出他的诗意情感、哲学智慧和典型的对于实践的喜爱。他的业余爱好和消遣活动包括徒步旅行、漫步、划独木舟、荒野保护、园林艺术、素食和禁欲，而且在这些方面他都可以算是个先驱。他鼓励人们要学会在充满恶意的世界中，在政治变迁、自然衰退中获得生存，同时恳求人们不要浪费地球上宝贵的资源。

作为一个哲学家，梭罗同他伟大的导师拉尔夫·瓦尔多·爱默生一样，是美国超验主义运动的代表人物。超验主义运动是一场融合了宗教、人文主义与试验生活的独特运动，预示了沃尔特·惠特曼（Walt Whitman）[1]诗歌创作的大爆发，同时也预示着新纪元运动[2]的来临。许多崇拜梭罗的人都将其当成是"看得见的圣人"。

如今，成立于1941年的梭罗协会仍在继续搜集他的书籍、手稿以及与他和他同时代的人相关的文物，以便让更多的人认识和了解他。

在接下来的章节中，所有插在散文节选中间的诗句皆出自梭罗的《诗歌选集》（*Collected Poems*），而引自其他地方的诗句我们会另外标注。

---

① 沃尔特·惠特曼（1819—1892年），美国诗人、散文家、新闻工作者及人文主义者。他身处于超验主义与现实主义间的变革时期，著作兼并了二者的文风。惠特曼是美国文坛中最伟大的诗人之一，有自由诗之父美誉，代表作有《草叶集》（*Leaves of Grass*）。

② 新纪元运动，又称新时代运动，是一种去中心化的社会现象，起源于1970—1980年西方的社会与宗教运动。新纪元运动所涉及的层面极广，涵盖了灵性、神秘学、替代疗法，并吸收世界各个宗教的元素以及环境保护主义。它对于培养精神层面的事物采取了较为折中且个人化的途径，排拒主流的的观念。另外还有多种名词指的就是新纪元运动，包括自我心灵（self-spirituality）、新心灵（New spirituality）以及身-心-灵（Mind-body-spirit）。

第一部分
超验主义者梭罗

我为这位年轻的朋友感到高兴，他与我见过
的其他人一样，拥有自由与独立的灵魂。

1838年爱默生在日记中对梭罗的评价

人类生命的空虚

我是一束无用的挣扎

我是一束无用的挣扎，
被偶然的纽带捆绑在一起，
晃来荡去，它们的结点
捆扎得很宽松，
我想，
是为着更温和天气的缘故。

一束无根的紫罗兰，
与酸味草混杂生长在一起，
四周被一捆小草环绕，
它们的嫩枝也曾卷曲缠绕，
法则

是我无法逾越的。

时光匆匆将一束花
从美丽的福地乐土之外采撷，
夹带着野草和断茎，在匆忙中，
杂乱无序，
浪费
他所给予的日子。

这里我悄无声息地短暂绽放，
将我的汁液一饮而尽，
在土地中没有根须，
以保持我枝蔓常青，
站立
于荒芜的杯中，

有些嫩芽留在我的梗上，
模拟生命的状态，
可是啊！孩子们永远也不会发现，
直到岁月让他们枯萎，
哀鸣
充斥他们的生活。

但如今我知道我并非被无故采撷，

随后被插入生命的玻璃花瓶中，

从而得以幸存，

却被一只慈爱的手，

活着

迁到一个陌生之地。

枯萎的苗木很快恢复生机，

下一年，

正如上帝所知，在更自由的空气里，

更丰硕的果实会结出，

更娇艳的花朵将绽放，

而我却在此地凋零。

只剩下商业活动

这是一个充斥着商业活动的世界。无止境的喧嚣繁忙！我几乎每天晚上都会被火车的轰鸣声吵醒。它搅扰了我的美梦。这里没有安息日。哪怕只有一次机会，你能够看到人们在闲暇安逸地享受生活，也足以让人不胜惊喜。但除了拼命工作，别无选择。买一个空白的本子，写下自己的奇思怪想，都不是件容易的事情；人们的头脑里早已被金钱占满。有个爱尔兰人看到我在田地里拿着本子写写画画，就理所当然地以为我是在计算自己的工钱。如果一个人在婴幼儿时期被人扔出了窗外，从此终生残疾，或者被印第安人吓得魂不附体，让人们抱憾不已的却是那孩子这辈子竟因此而无法从事商业活动！我认为没有什么——即使是犯罪也不行，能比永不停歇的生意更加地"反诗歌艺术""反哲学"，反生活本身。

《无原则的生活》

在这单调乏味的生活圈子里

在这单调乏味的生活圈子里，
偶尔会有蔚蓝的一瞬到来，
明艳美丽，如紫罗兰或银莲花一般，
春天将它们撒落在蜿蜒的小溪边，
这一刹那，就连最好的哲学
也显得有些不真实，倘若它唯一的目标
只是慰藉人间的悲苦。
我记得在冬天来临的时候，
在霜浓之夜，在高高的小楼之上，
在明亮的月光发出的寂静光辉中，
在每一根树枝、铁轨和突出的水管上，
冰枪变得越来越长，

映着日出的光箭；

我记得去年夏天阳光闪耀的正午，

一线无人注意的日光悄悄地斜穿过

长满贯叶连翘①的高地牧场；

间或在我心间的绿田里

听见蜜蜂绵长低沉的嗡嗡声，

回荡在草原上的蓝色鸢尾②丛中；

抑或听见那忙碌的小溪——

如今全程静默喑哑，

成为它自己的纪念碑——以前曾潺潺地流过山坡，

穿过邻近的草原，

直到它年轻的声音最终被淹没在

低地江河沉静的潮流中；

或是看见新翻的一行行犁沟

闪烁着光芒，后面跟着田鸫③，

而现在周围所有的田地都结了冰，

被白茫茫的冰雪覆盖住。

---

① 贯叶连翘，隶属于藤黄科、金丝桃属。多年生草本，高二十至六十厘米，全体无毛。花期六至七月，果期八至九月。性辛、寒。全草含金丝桃素，以花瓣的含量最高。具有收敛、抗菌、止血、通经活络及抗病毒与抗肿瘤的作用。
② 蓝色鸢尾，为多年生草本植物，叶剑形，花美丽，为蓝色花，外面三枚花被裂片大。
③ 田鸫，体型略大（二十六厘米）的鸫。灰色的头及腰部与栗褐色的背部成对比，下体白，胸及两胁满布黑色纵纹，两胁沾不同程度的赤褐，尾深色。喧闹，常成群栖于林地及旷野。喜亚高山白桦林，飞行强健有力，会用粪便攻击天敌及闯入者。

如此，仗着上帝赐予的方法，

我的生活开始富裕起来，

而我又能从事我冬天的工作。

如何让自己成为最好的男人

男人和男孩们学习了各种各样的技艺，却唯独没有学会如何让自己成为最好的男人。他们学会了建造房屋，但却没有得到很好的安置。他们不满足于自己建造的房屋，就像土拨鼠不满足于自己的洞穴。如果找不到一个让人受得了的星球来安放它，那么有个房子又有何用呢？我们首先要做的就是平整地面。如果一个人相信并期望自己可以大有作为，那么不管你将他放在何地，不管你展示给他的是什么，都没有什么太大的区别……他最终都会有一番作为。他正处于健康与饥饿的状态下，他对自己说：这个面包片好甜啊！

致哈里森·布莱克（Harrison Blake），1860年5月20日

1865年发表在《熟悉的信件》（Familiar Letters）上

请问这甜蜜的寒冷属于何方土地

请问这甜蜜的寒冷属于何方土地，

何方土地不需要职责和良知？
月亮跳跃着升起来，她欢快地
在遥远的夏日天空留下痕迹。
寒冷的星光洒满她的旅途，
田野微弱的光亮映射出天空的影子。
远远近近，在光秃秃的灌木丛上，
残雪仍旧泛着银色的光亮。
在树篱底下，河岸是他们的屏障，
山雀正在做着美梦，
一如往常在闷热的夏天傍晚，
蜜蜂在花间沉睡，
当夜幕降临时，它满载而归。
在小溪边，在宁静祥和的夜晚，
更多爱冒险的漫游者也许会听到
晶莹的露珠在发芽、结晶，而缓慢的冬天
用最温柔的夏季方式加速着它的统治。

政治家

在美国从未出现过立法天才。即便在世界历史上，这种人才也实属罕见。世上有成千上万的演说家、政治家和雄辩之人，但是有能力处理当前棘手问题的发言人却尚未开口说话。

《新约》问世已有一千八百年之久，虽然我可能没有资格这样说，但是拥有足够智慧和实践能力来充分利用《新约》的精神来指导科学立法的人又在何处呢？一个能结出此种果实，并忍耐到瓜熟蒂落之时的州，将会为另一个我所设想的、更完美、更壮丽的州铺好前路，虽然这个州至今在任何地方都未被看到。也有极少数人——比如英雄、爱国者、烈士、真正意义上的改革家，还有正直的人，他们确实用良知在为国家服务，因而在大多数情况下往往会抵制国家的某些行径；最后他们统统被国家视为敌人。

《论公民的不服从权利》

你曾命我要拥有一切美德

你曾命我要拥有一切美德，
我想我可以信任你更敏锐的直觉
以及你对真理的直接感知。
我将遵从你的命令——那与命运紧密关联的命令。

所谓的政治

所谓的政治就是一些相对肤浅且不人性的东西。老实说，我从未觉得它与我的生活有任何关联。但我发现许多新闻报纸还专门免费为政治或政府相关的新闻空出几个板块；对此有人可能会说，就是这几个板块挽救了这些报纸；不过对于我这个热爱文学和真理的人来说，我是无论如何不会去读这些专栏的。我不希望我的是非观变得越来越淡薄。如今引起人们关注最多的事情，比如政治、日常生活，这些都是真实的，而且已然成为人类社会中举足轻重的功能，但这些功能最好能在无意识的状态下发挥效用，就像人体自身相应的功能一样。它们是类人生物，是一种植物。有时候，我会隐约感觉到它们在我周围游荡，就像一个人可能会在某种病态的情况下感觉到消化的过程，也就是我们通常所说的消化不良。政治就好比是社会的胃，胃里满是沙砾和碎石，而两个对立的政党各占一半——有时候它甚至可能会被分成四部分，这四部分互相磨损，从而使不管是个人还是国家，都得了这种被确诊的消化不良症，还要不断地描述症状，你可以想象那是怎样的伶牙俐齿。因此我们的生活不仅不是对我们清醒时未曾意识到的那些东西的一种彻底遗忘，反而在很大程度上，是对那些东西的一种记忆。我们为何不彼此见见面呢？不是在消化不良的时候，互诉彼此的噩梦；而是有时在消化良好的时候，在明媚灿烂的早晨里互相祝贺。当然，我的这个要求并不高。

《无原则的生活》

对大自然的热爱

收割者收割过的田野

收割者收割过的田野，

被获月①和秋日的暖阳点亮。

我的思绪好像飘浮在风中的豆荚儿，

如十月的天气般晴朗，

在那里，我可以在收割之后重拾人生，

一个无须费力收割却所获更丰富的收获，

跟随自己的心愿将华丽绚烂的想象，

织进更纤细的网中，而不是夏日的薄雾中。

---

① 获月，秋分前后的满月。

豆田

此时，我种的豆子，一行一行加起来的长度已足足有七英里了，为它们锄草松土的工作迫在眉睫，因为最早种下去的一批豆子已经长得很茂盛了，而最新的一批豆子还没开始播种；除草松土的事情也确实不能再往后拖延了。这样一项微小却又艰巨的劳动，我却干得如此卖力，如此有尊严的意义何在，我不知道。我爱上了我所种的一行一行的豆子，虽然它们已经大大超出了我的需要。它们让我和大地紧密相连，因此我变得像安泰俄斯（Antaeus）①般强壮。可是，我为什么要种豆呢？只有老天才知道。一整个夏天我都在进行着一件不可思议的劳动——就是让这片原先只生长黑莓、狗尾巴草之类，以及香甜野果和美丽花朵的土地，如今长出了豆子。我能从豆子那里学到什么，豆子又能从我身上学到什么呢？我珍爱它们，为它们松土锄草，从早到晚地照管它们，这就是我每天的工作。它那宽阔的叶子看上去十分漂亮。雨水和朝露是我的助手，它们会帮我来滋润这片干涸的土地，土壤自身的肥力又给豆子的生长提供了养料，虽然这里大部分的土地是贫瘠和枯竭的。虫子、寒冷的天气，尤其是土拨鼠则是我的敌人。土拨鼠已经把我四

---

① 安泰俄斯，希腊神话中的巨人，海神波塞冬和地神盖亚之子，战斗时，只要身体不离开土地，就能从大地母亲身上不断获得能量，百战百胜。后被赫拉克勒斯识破，将他举在半空中击毙。

分之一英亩的豆田啃得精光。可是我又有什么权力拔除狗尾巴
草之类的植物，毁掉属于它们的古老百草园呢？不过，好在幸
存的豆子很快就长得十分茁壮，并足以去应对新的敌人。

《瓦尔登湖》

夏天的雨

我欣然抛弃的那些书籍，都是我无法阅读的，
我的思绪在每一页的字里行间自由穿梭，
然后飘到草地上，那里牧草更丰美，
而且不介意击中它们自己的圆盾。

普鲁塔克（Plutarch）[①]是好人，荷马（Homer）[②]也是好人，
莎士比亚（Shakespeare）的一生丰富到值得重过一遍，
普鲁塔克所读的书，既不好又不真，
莎士比亚的书亦如此，除非他的书是人。

---

① 普鲁塔克（约公元46—公元120年），是罗马帝国时代的希腊作家、哲学家、历史学家，他的作品在文艺复兴时期大受欢迎，蒙田对他推崇备至，莎士比亚不少剧作都取材于他的记载。代表作有《传记集》（*Parallel Lives*），又被称为《希腊罗马名人合传》。

② 荷马（公元前873—？），古希腊盲诗人，著有长篇叙事代表作《伊利亚特》（*Iliad*）和《奥德赛》（*Odessey*）。

当我躺在胡桃树枝下，

我对希腊人或特洛伊城并不关心，

但假如更公正的战斗此刻

正在这圆岗顶上的蚂蚁之间进行呢？

请荷马等到我弄明白这些问题，

是否众神将更偏爱黑色或红色，

或是埃阿斯（Ajax）①将在远处调动方阵，

奋力向这支军队投掷石块。

告诉莎士比亚可以享受一下闲暇时光，

因为此刻我正在与一滴露水纠缠，

不知你是否看见，乌云正在酝酿一场阵雨——

我会在雨过天晴之后立刻去见他。

去年用牧草和野燕麦铺就的床，

使用的技术比君王所使用的更精湛，

一簇三叶草就是我的枕头，

紫罗兰已高过我的鞋口。

---

① 埃阿斯，这里指的是大埃阿斯。他是忒拉蒙（Telamon）之子，特洛伊战争中名
声仅次于珀琉斯之子阿喀琉斯（Achilles）的希腊联军中最勇猛的英雄。单就力
量而言，在希腊联军中无人能及。身材魁梧，屹立在希腊联军中如同巨人般令
人惊叹。

现在热情的云早已笼罩四方，
让微风慢慢变大并说着一切都好，
飘散的雨滴降落得又快又疏，
有些落在池塘里，有些落在花铃上。

我躺在燕麦床上浑身被浸透，
却看见雨滴从它的茎叶上滑落下来，
时而像一颗孤独的星球般飘荡，
时而钻进我外套的折边。

乡村周围的树木都在往下滴水，
每一根树枝上都渗漏出珍贵的养分；
唯有风独自发出各种声响，
抖落了下方树叶上的水珠。

太阳因羞愧而不再露面，
他再也无法用他的光芒将我融化，
我滴水的头发——它们将变成一个个小精灵，
身穿坠满珠子的外衣欢快地行走。

林中漫步

在街道上、在社会中，我总是卑微与闲散的，而我的生活则是说不出的拮据。任何数量的金钱与地位都无法让这改观——即便是与州长或国会议员一起用餐。但是在遥远的森林或田野里，在野兔出没的萌芽林或草场里，甚至是在晦暗惨淡的一天中，当村民在考虑要下榻的旅馆时，我却突然清醒过来，我感到自己又一次与大自然密切联系在一起，而寒冷和孤独都是我的朋友。在这种情况下，我觉得它们的价值与别人上教堂礼拜和祈祷所得到的相同。就像思乡之人想要回家一般，我回家是为了去林中漫步，享受孤独。为此我摒弃了肤浅的表象，从而看到了自然最初的模样，美丽而壮观。我曾告诉过很多人，说我每天都会散步大半天，但我想他们大概是不会相信的。我希望将康科德、马萨诸塞州都抛却在脑后，让理智成为每天的一部分。

1857年1月7日，《梭罗日记》

烟

翅膀轻盈的烟，伊卡洛斯（Icarian）之鸟，

在直冲云霄时融化了你的翅膀，

悄然无声的百灵鸟，是黎明的信使，

在小村庄上空盘旋，那里是你的家；

又或者你是渐渐消逝的梦，是午夜迷幻的暗影，

整理好你的衣裙；

在夜晚遮住星星，在白天

调暗光线，挡住太阳；

去吧，你，那从壁炉中燃起的熏香，

去乞求诸神原谅这明亮的火焰。

我爱大自然

我爱大自然，一部分是因为她不是人类，而是远离人类的存在。人类的任何机构都无法控制或影响她。那里盛行着一种完全不同的权利。在大自然中，我可以自由自在地探索。如果这个世界上全是人类，我将无法舒展自己，也将失去所有的希望。人类给我以约束，而大自然给我以自由。人类让我渴望另一个世界的存在。大自然让我满足于此。

1853年1月3日，《梭罗日记》

我是秋天的太阳

有时人类会在自己体内感觉到大自然的存在，
不是上天之父而是大地之母
在他内心搅动，他因她的永恒而不朽。
她时常宣称和我们有血缘关系，
她血管里的血液悄悄流进了我们的血管里。

我是秋天的太阳，
伴着秋风，我开始奔跑；
榛子花何时才开，
我大棚里的葡萄何时才成熟？
获月或猎月①能何时将
午夜变成正午？
我已枯黄，
我的果实也已熟透。
树林中的橡果已开始掉落，
冬天正蛰伏在我的心绪里，
枯黄树叶凋零的沙沙声，
就是我持久的哀叹声。

---

① 猎月，紧接着获月后的满月，也是秋分之后的第二个满月。

无法驯服的自然

下山的路走到这里，我或许才真正完全地意识到这就是自然，原始的、尚未被驯服的自然，且永远无法被驯服的自然，至于人们如何称呼她其实已经不再重要了。我们经过了一片"烧焦的土地"，它或许是被雷电击中而烧焦，尽管这里看不出任何最近着过火的痕迹，就连烧焦了的树桩都很难找到。这里看起来反倒像一处专为驼鹿和驯鹿准备的天然牧场，十分原始与荒凉，偶尔会有带状的树林夹杂其间，也会有低矮的白杨如雨后春笋般突然冒出；一簇簇的蓝莓遍布牧场各处。我发现自己可以轻车熟路地在其间穿行，就像是走在一处废弃的牧场，或者说是被人开垦了一半的牧场上。我在想到底是什么样的人，什么样的兄弟姐妹或者说我们种族的什么亲戚开垦并占有了这个牧场。我甚至期望牧场主会突然出现拦住我的去路。很难想象这样的一个地方竟然没有人居住。我们早已经习惯人类的无处不在，习惯了他的影响力无所不及。那是因为我们还未看到过纯粹的自然，除非我们看到即便身处在都市的包围之中，她依然那般辽阔，那般阴郁，那般残忍。这里的自然是某种美丽但却野蛮、令人生畏的东西。我怀着敬畏的心情看着我脚下踏着的土地，想看看自然真正的力量在此处的杰作，想看看这些作品将以何种形式、何种类型、何种材料呈现出来。这就是我们所听说的大地，那个从混沌和古夜中诞生的大地。它不是任何人的私家花园，而是一个人迹未至的地球。它不是草坪、牧场或草地，不是林地、草原，也不是耕地和荒原。它是地球这颗行星新鲜且自然的表面，就像它被塑造的那样——它将永永远远地成为人类的居所，我们说——就这样，自然塑造了它，人类如果有能力的话，也可以去开发利用它。人类不必与它产生联系。它是广袤的、令人赞叹的物质，而不是我们所听说的人类的地球母亲，它不是人类可以踏足的地方，也不是人类的葬身之处，——不，它对人类太熟悉了，甚至都无法容忍人类的骸骨在这里埋葬，——它是必然性和命运的家园。在这里，我能够感受到一种对人类并不友善的力量的存在。它是异教崇拜和迷信仪式的理想场所，——被一些比起我们，反而与石头和野生动物亲缘关系更近的人类所居住。我们怀着某种敬畏走过这片土地，偶尔停下来摘一些生长在这里、味道香甜爽口的蓝莓。也许在康科德，野生松树生长的地方，落叶遍地的林间也曾是农民种植和收割谷物的地方；但是在这里，地面上仍未发现人类留下的任何痕迹，这里纯粹是上帝根据自己意愿创造世界的模本。与亲自参观某个星球的表面，实地观察它上面的某种坚硬物质相比，去博物馆看再多奇特的藏品又算得了什么呢？我怀着对自己身体的敬畏站在那里，突然发现我所依附的这块物质对我来说显得如此陌生。我不惧怕神灵、鬼怪，因为我也是其中的一个，——我的身体可能会怕神灵鬼怪吧，——但是我却害怕身体，害怕见到它们，在它们面前会怕到发抖。占据我身体的这个巨大之物究竟是什么呢？这好像是在谈论神秘之事！——想想我们自然界中的生命，——我们每一天都会见到物质，都会和它们接触，——岩石、树木，吹拂过脸颊的清风！坚实的大地！真实的世界！常识！接触！接触！我们究竟是谁呢？

《缅因森林》

自然之歌

我拥有黑夜和清晨，
大气的沟壑，空间的深渊，
嬉戏的太阳，皎洁的月亮，
数不尽的日子。

我躲在太阳的光辉里，
在震耳的歌声中沉默，
在激流的水面上停歇，
在沉睡中坚强。

我的账本不需要计算，
没有部族能挤满我的房屋，
我坐在波光潋滟的生命之泉旁，

静静地将洪流倾倒。

曾经依靠微妙的权力，
沿着世纪之路，
采集了种种罕见的鲜花，
我的花环上一种花都不能少。

无数个夏日，
我的苹果熟得很透，
闪烁的星光，
带着更坚定的荣耀撒向大地。

我用如岩石般坚定的心态书写过往，
焚烧书卷，
珊瑚海中的建筑，
煤炭的基底。

我从卫星和轨道间，
盗取损坏的星星，
然后用那些年久失效的东西，
我建立了一个全新的世界。

诸神何时流连于狂欢节，

有星星和鲜花装扮，
也不乏小矮人和蜥蜴，
它们被赋予过多的神力。

时间和思想是我的检验员，
它们为自己铺设了美好前程，
它们让海水沸腾，
让花岗岩、泥灰岩和地壳的岩层不断堆积。

而他，荣光的男孩，——
此时他在何处逗留？
彩虹照亮了他的身躯，
夕阳闪现出他的微笑。

我的北极光向上飞升，
然后我的行星立即开始运行，
而那个男孩，一切的顶点
仍未出生。

时间和潮汐必须要永远运行吗？
我的西风将永不沉睡吗？
我那转动太阳和卫星的车轮，
也将永不停歇吗？

太多的求取，太多的舍弃，
彩虹消散得太慢，
我早已厌倦那雪做的长袍，
我的叶子和我的瀑布。

我厌倦行星及其运行，
这个游戏已玩了太久；
如若没有他，那将会是夏日的繁盛，
还是冬日的冰冷？

我为他辛勤劳作，
我的创造物苦苦等待；
他的信使成队而来，
门外却不见他的身影。

我曾用两次塑造出一个形象，
也曾多次张开双手，
用白天塑造一个形象，用黑夜塑造一个，
用咸咸的海滩塑造一个。

一个在犹太人的马槽里，
一个在埃文河畔，

一个对着尼罗河口，
一个在柏拉图学园。

我造出了国王和救世主，
还有不受国王统治的吟游诗人；——
却未能降下灿若星光的感化，
那个杯子从未满过。

再一次旋转那些闪耀的车轮，
再一次搅混碗里的东西，
愤怒吧，命运！那古老的元素，
冷、热、干、湿，还有和平与痛苦。

就让战争、贸易、教义和诗歌，
结合，并日臻成熟。
人类将要抚育被太阳灼伤的世界，
它的每一寸土地，以及数不尽的岁月。

光线不再暗淡，原子不再耗竭，
我远古的力量依旧完好如新，
远处荆棘丛中鲜艳的玫瑰，
用露水映射出弯曲的苍穹。

大自然的文雅

　　大自然或多或少总是文明的，并以她的文雅为乐；但是在那斧头已经侵入的森林边缘，松树的枯枝与歪枝被暴露在眼前，尽管大自然曾想用一排排碧绿的树木将其掩藏。

《漫步瓦楚赛特山》

大地

　　曾经诞生英雄的大地如今却显得如此贫瘠，

　　他们跨过她的平原，

　　在她的大海上乘风破浪，

　　收割她的谷物。

我想阐述自然的奥秘

　　我想阐述自然的奥秘。相对于人类的自主与文化而言，自然是绝对自由与狂野的。因此，我们应该将人类当成是自然的居民，或是其不可或缺的一部分，而不是当成社会的一员。

《漫步》

大自然可以承受人类最近距离的审视；她祈求我们将目光聚焦到最为细微的树叶上，以昆虫的视觉察看叶片上的平原。大自然不存在任何隙缝，每一个部分都充满生命。

《马萨诸塞州自然史》

　　如果我们只知道一种利用万物的方法，自然不会显得如此富裕，如此充沛的富裕。

1853年8月11日，《梭罗日记》

智慧

世界的墓志铭

这里躺着世界的肉身,
而它的灵魂不幸坠入地狱。
它金色的青春年华早已逝去很久,
银色的成年期也匆匆流逝,
残酷的时代终将到来。
此时无法说清它的特征,
降临在它身上的命运,
它死于何年,何年会重生,
我们只知道此刻它正躺在这里。

简单

野蛮人的生活因无知、闲散和懒惰而简单，但哲人的生活却因智慧而简单。

1856年12月5日，《梭罗日记》

人们自以为知道很多

人们自以为知道很多；

可你看啊！他们长出了翅膀——

艺术和科学，

还有无数的器具；

而只有吹拂的风，

才是他们所知的一切。

有天性的人类

如果一个人听取了来自他天性的虽微弱却持久坚定的建议，尽管这些建议毫无疑问是正确的，那他也不知道他的天性会将他引向何种极端，甚至何种疯狂之举上去。但是，当他变得更坚定果敢、更忠诚可靠时，那条路就是他要走的路。一个健康的人内心所感到的虽微弱却坚定的异议，最终会战胜人类的雄辩和习俗。在天性将人类引向歧途前，他们从来不按天性行事。尽管那样做导致了身体的虚弱，然而或许没有人会说这种结果是值得惋惜的，因为那是符合更高原则的生活。如果你能够开心地迎接每一个清晨和黄昏，生活又像鲜花和香草一样散发着芳香之气，而且更加轻快、更加闪耀、更加不朽——那就是你的成功。到那时整个自然界都将为你欢呼庆贺，而你也完全有理由为自己祝福。最伟大的成就和价值往往都受不到人们的赞赏。我们很容易就会怀疑它们是否真的存在。很快我们就忘记了它们。它们是最高的现实。或许那些最惊人的、最真实的事实从未在人与人之间交流过。我每天的真实收获，就像是晨暮之际的天色，不可触摸也无法言说。我抓住的只是一点星尘、一段彩虹而已。

《瓦尔登湖》

生活的简单

爱智慧的意思就是：着重培养人类的高级技能，并尽可能少地在种植、纺织和建筑等方面花费时间。这取决于你所定标准的高低，毫无疑问，通过体力劳动，警察也可以在一定程度上受到教育。简单的生活方式对野蛮之人来说是无益的，因为比起享受奢华的生活，他会做得更糟；但这种简单的生活方式对哲学家来说却是有益的，因为比起为奢华的生活而努力，他会做得更好。问题的关键在于你是否可以忍受自由。如今，绝大多数的人，不管是黑人还是白人，都需要有束缚他们的劳动纪律，这也是为了他们自身的利益。假如爱尔兰人不再整天铲铲挖挖，他们就会喝酒、吵架。然而哲学家却不需要这种劳动纪律，如果他们整天铲铲挖挖，我们便无法从他们那里获得任何有用的建议。世上存有两种简单——一种与愚笨相似；另一种则与智慧同类。

1853年9月1日，《梭罗日记》

书 籍

英雄史诗

学生们可以阅读荷马或埃斯库罗斯（Eschylus）^①用希腊文所写的作品，而不用担心会陷入懒散放纵或奢华浪费的危险中，因为阅读这些作品表明他们在一定程度上试图效仿他们的英雄，并将清晨的时光奉献给那些篇章。这些英雄史诗，即便是用我们母语的文字印刷出来，在这个颓废堕落的年代仍旧引不起人们任何的关注。我们必须费尽心力去探求每个字、每行诗的意义，穷尽我们的智慧、勇气和气量，揣摩出比常见用法

---

① 埃斯库罗斯（约公元前 525—公元前 456 年），古希腊悲剧诗人，与索福克勒斯和欧里庇得斯一起被称为古希腊最伟大的三大悲剧作家，有"悲剧之父""有强烈倾向的诗人"的美誉。代表作有《被缚的普罗米修斯》（*Prometheus Bound*）《阿伽门农》（*Agamemnon*）等。

包含更广更深的意义。现代那些廉价又多产的出版社，虽然已经出版了很多种译本，却丝毫没有拉近我们与古代那些英雄史诗作家之间的距离。他们一如既往地孤独寂寞着，介绍他们的文字也一如既往地深奥和古怪。假如你从街头巷尾的烦琐中学会了一种古代语言的某些字词，即便只有几个，却具有永恒的启发和激励作用，那么学习这些字词所耗掉的那些青葱岁月和宝贵时间都是值得的。农夫把自己听到的拉丁词牢记于心并反复使用，这么做也并不是徒劳无益的。人们有时会说，古典作品的研究最终都会给更现代也更实用的研究让路；但是有进取心的学生还是会一直研究古典作品的，不管它们是用何种文字写成，也不管它们的年代有多久远。古典作品无非就是人类最崇高思想的记录，除此之外，它们又能是什么呢？它们是唯一不朽的神谕；关于现代生活的种种问题，都能在经典中找到答案，而这些答案连特尔斐（Delphi）①和多多那（Dodona）②都不曾给出过。我们可能会不屑于研究大自然，因为它存在的时间实在是太长久了。好好阅读，也就是在真实的状态读真实的书，是一种高尚的训练，一种比世界公认的其他种种训练更消耗读者精力的训练。这种训练就跟运动员所经历的训练一样，终身坚定地朝着一个目标努力。书籍当初是人们用心并谨慎地写出来的，因此阅读时我们也应当用心、谨慎。仅仅会说

---

① 特尔斐，古希腊城市名，因阿波罗神殿而出名。
② 多多那，希腊古都，以主神宙斯的神谕著名。

著书时所用的那国语言是远远不够的，因为口头语和书面语，也即听到的语言和读到的语言之间存在着显著的差异。一种通常是瞬息万变的，可能是一种声音、一种舌音或是一种方言，这种语言几乎是粗俗的，我们就像野蛮人一样从母亲那里不知不觉地就学会了它。另一种却是前一种语言的成熟和经验的凝聚；如果前者是我们的母语，那么后者便是我们的父语，一种经过精挑细选被保留下来的表达，光凭耳朵是无法听出它的意义的。要想学会说它，我们就必须重生。中世纪那些只会说希腊语和拉丁语的人们，也绝不是生来就能读那些天才作家用这两种文字所写的作品；因为这些作品不是用他们所熟知的希腊文和拉丁文写的，而是用精选的文学语言写的。他们未曾学习希腊和罗马的那些更高级的方言，因此用这些方言所写的书对他们来说就是废纸一堆，他们反而更欣赏那些廉价的当代文学。

《瓦尔登湖》

《复乐园》的主要问题

那些落后的发明所提供的收益和欢乐，吹拂过他脸颊的清风亦可为他带来。这本书的主要问题在于，它力图实现的仅仅是最大程度的舒适和愉悦。该书描绘了一个穆罕默德

（Mahometan）①的天国，而正当我们以为这个天国在慢慢接近基督教的天国时——这两者之间存在明显的差异，因而我们并非是无中生有地将两者进行对比——作者却突然停笔，让人猝不及防。毫无疑问，如果我们想要真正彻底地改变外部生活，那么对于内心世界的改造绝不能被忽视掉。而这种改造需要我们全身心地投入；这之后我们应该做些什么，问这个问题一点意义都没有，这就好比你问一只鸟：在它把鸟巢筑好，雏鸟养大之后，它会做些什么呢？但是，必须先进行道德改造，随后其他改革的必要性便会被取代，只依靠道德的力量，我们就可以乘风破浪，勇敢前行。有一种比所谓"机械系统"更快捷的方式可以填平沼泽，淹没海浪的咆哮，驯服凶狠的鬣狗，创造适宜的环境，多样化经营土地，用小溪中潺潺流过的甘甜之水让大地复焕生机，而这就是正直与正行的力量。我觉得，我们想要一个乐园只是一时兴起，偶尔才会有的念头。当然，君子无须为了美景而费力地去夷平高山，也无须为了一个乐园而种果养花，建造漂浮岛屿。在任何一座高山的背后，他都可以欣赏到更美丽的风景。天使所经之处，处处都是乐园；而撒旦所至之处，处处皆为烧焦的泥土灰烬。正如毗湿奴·舍里曼

---

① 穆罕默德，全名穆罕默德·本·阿卜杜拉·本·阿卜杜勒·穆塔利·本·哈希姆（Abu al-Qasim Muhammad Ibn Abd Allah Ibn Abd al-Muttalib Ibn Hashim 含义为：受到善良人们高度赞扬的真主的使者和先知。中国古代翻译为"福安"），政治家、宗教领袖，穆斯林认可的伊斯兰先知，广大穆斯林认为他是安拉派遣人类的最后一位使者。伊斯兰教教徒之间俗称"穆圣"。享年六十三岁，葬于麦地那。

（Vishnu Sarma）①所言："心无羁绊者，富有天下。这与那些赤脚穿靴，而觉天下皆好像为皮革所覆盖之人又有何异呢？"

精品之书

用抛光的树叶装饰精致的盘子，

每一片叶子都是一扇通往诗人世界的窗户，

你或许会猜测在那片狭小的空间里

会呈现出一幅繁华的天堂盛景。

那是一条正确且欢愉的道路，

一路上穿过水草丰美的牧场，

越过高山河谷，来来回回，

从一个吟游诗人到另一个吟游诗人，缓慢前行，

我曾经在那里解过渴，

就像疲惫不堪的旅人在诗人的水井旁解渴一般，

井水从地面不断地冒出气泡，

---

① 传说中《嘉言集》（*Hitopadesa*）的作者，根据《五卷书》改编而成，改编的目的是教育青年学习"世道"及梵文。它的体裁与《五卷书》相同，但将《五卷书》中的五篇改为 四篇，篇名是《结交篇》《绝交篇》《作战篇》《缔和篇》。正文之前同样有个"楔子"，结构形式比《五卷书》完整。书中大故事套小故事，以人或禽兽为主人公。叙事用散文体，但夹杂了征引的一些格言诗。全书训诫意味增强，封建和政治色彩也都加强。书中反映了 10 世纪前后印度封建王国统治阶级谋士的思想和社会面貌。

然后叮叮咚咚朝着下一页流淌。

透过树叶你或许能听到潺潺的流水声，

直到其他山泉的叮咚声隐隐传入耳朵。

阅读

在选择职业时如果能更谨慎一点，所有人或许都会成为学者和观察家，因为两者的本质和命运对所有人来说都一样有趣。在为我们自己或后代积累财富上，在成家立业或开辟疆土上，甚至在追求声誉上，我们都是凡人；但在追求真理上我们却是不凡的，我们无须害怕改变，也无须害怕意外。古埃及或古印度的哲学家曾揭开了神像面纱的一角；如今那件微微颤抖的袍子依旧处于被撩起的状态，我望见他像当初一样的鲜艳灿烂，因为他身上有当时无所畏惧的我，而现在我身上有充满想象的他。袍子上没有沾染一点灰尘；自从神像的面纱被揭开后，时间仿佛静止了，不再流逝。我们真正能够利用的时间或者说可以真正被利用的时间，不是过去，不是现在，也不是未来。

《瓦尔登湖》

在往昔，传说中漂浮的赤杨

在往昔，传说中漂浮的赤杨

因年代的久远，树枝早已被压断，

光滑的树皮也早被剥掉，——

那里没有倒下的树木，*潺潺溪流以其*

宽阔的水面阻挡了它冒险的一跃，

健壮的乡村少年肩负着遥远彼岸的安全。

虽然书籍早已不存于现世，

但童年时书中所记载的

短诗与歌谣

以及趣闻逸事，

我却喜欢思考与品味；

古时愚人村（Old Gotham）[①]的愚人

坐在一只碗里冒险出海，

[①] Gotham，原是英国诺丁汉附近一村庄，之所以被称作"愚人村"，是因为据说古时约翰王（King John）曾试图在高特姆村建造城堡，作狩猎之用。但当地的人们认为，一旦城堡建成，他们不仅要受频繁沉重的赋税之苦，而且要在国王的眼皮底下生活，这将使他们无法忍受，于是他们决定装傻。每当王家使者来临，他们总看到村民围成圈子，疯狂地奔跑，或者做一些别的愚蠢荒唐之事。国王听了使者的汇报，认为这个村子不宜作为王室憩息之所，便取消了原定计划。从此以后，高特姆村民就以其"聪明的傻子"（wise fools）著称于世。而后人则常用 wise men of Gotham 来指代愚人，但从其起源讲，这里所说的愚人有点大智若愚的意思。

而他们未来的命运也隐隐可预见。

假如人们敢乘着如此般脆弱的小船

在美因河上航行，那或许圆形洗衣桶，

正方形水槽、长方形水槽

也足够他们穿过起伏的波浪，

到达命定的港口。

我的住所

与大学相比，我的住所不仅更适宜于思考，还更适宜于严肃认真的阅读；虽然我阅读的书不在普通图书馆的藏书范围之内，但我却比以往更多地受到那些在全世界范围内流传的经典书籍的影响，那些书上的句子起先是被刻在树皮上的，如今却只印在最精美的亚麻纸上。诗人米尔·卡马尔·乌迪恩·马斯特（Mr.Carnar Uddin Mast）①说："静坐而能神游宇内，此乃读书之功效也。美酒诚可醉人，然书中奥义亦如琼浆玉液，余曾饮而酩酊矣。"②一整个夏天，我都把荷马的《伊利亚特》放在桌上，虽然我只是偶尔才翻看几页。由于我一边要自己动

---

① 米尔·卡马尔·乌迪恩·马斯特，生卒年月不详，18世纪印度诗人。

② 引文出自法国东方学家迦辛·德·塔西（Garcin de Tassy，1794—1878年）所编著的《印度和印度斯坦文学史》（*Histoire de la Littérature Hindoui et Hindoustani*）。

手盖房子，一边还要为豆子锄草松土，所以手头上总是有干不完的活，这使得我无法阅读更多的书。但我仍期望着将来可以读更多的书，这个念头一直支撑着我。在工作的间隙，我会读一两本浅显易懂的旅游类书籍，读到后来我自己都感到羞愧不已，然后我就问自己那时我究竟是住在什么地方。

《瓦尔登湖》

冬季最快乐的事情莫过于阅读自然史类的书籍。当整个大地被白雪覆盖，我细细品味着奥杜邦（Audubon）[①]所写的书，心情无比愉悦；在书中我仿佛看到盛开的木兰花，轻轻吹过佛罗里达群岛的温暖的海风；看到院外的篱笆、木棉树和迁徙途中的禾雀；看到拉布拉多（Labrador）[②]的冬天正在消逝，密苏里河（Missouri）分汊口的冰雪正在消融；对于生机勃勃的大自然的回忆让我瞬间觉得快活强健。

《马萨诸塞州自然史》

[①] 奥杜邦（1785—1851 年），美国著名的鸟类学家、画家和博物学家，生于路易斯安那州。先后出版了《美洲鸟类》(The Birds of America) 和《北美洲的胎生四足动物》(Viviparous Quadrupeds of North America) 两本画谱，其中《美洲鸟类》被公认为 19 世纪最伟大与最具影响力的著作，被誉为"鸟类史上最为恢宏的艺术纪念碑"。他绘制的鸟类图鉴被称作"美国国宝"。

[②] 拉布拉多，地名，位于加拿大东部地区，以拉布拉多猎犬著称。

漫 步

❄

漫步的乐趣

一生中，我只遇到过一两个真正明白"行走艺术"——更确切地说是"散步艺术"的人，他们都是真正的漫步天才。漫步（sauntering）一词起源于中世纪，那时一些游手好闲之人以想要前往圣地（La sainter Terre）为借口，在乡村周围到处徘徊游荡，乞求他人的施舍。后来孩子们一看到他们便大喊："来了一个圣徒。" 而所谓的圣徒其实就是漫步者或朝圣者。那些假装去过实则从未去过圣地的人，无非是一些游手好闲之人和流浪者；而那些确实到过圣地的人往往才是我所谓的真正意义上的漫步者。也有一些人认为"漫步"这个词源于法语"sans terre"，意思是没有故土和家园。因此，从某种意义上说，"漫步"指的是没有固定的住所，四海为家。成功漫步的秘诀即在此。那些整日待在家中不出去的人，有可能是最伟大的漂泊者，但真正意义上的漫步者比蜿蜒的河流更加漂泊不定，因为河流始终孜孜不倦地寻求着流入大海最便捷的通道。但我更喜欢第一种说法，因为它是最有可能的出处。每一个步伐在某种意义上都是一种远征，都是在隐士彼得（Peter）[①]的鼓吹下，勇敢地向前，去夺回异教徒手中的圣地。

《漫步》

古老的马尔堡路

他们曾在那里淘过金，

但却没淘到任何东西；

偶尔马夏尔·迈尔斯（Martial Miles）

抑或伊莱贾·伍德（Elijah Wood）

会独自经过那里，

我会无端害怕：

没有任何人去

拯救伊莱沙·杜根（Elisa Dugan）——

[①]　隐士彼得（1050?—1115?），法国传道人和十字军战士，在教皇乌尔班二世宣布十字军东征以解放巴勒斯坦后，隐士彼得穿上隐士长袍，挂着十字架，骑驴穿越法国。1096年，他率领招募到的民众从法国出发，之后与贵族领导的十字军主力部队会合，于1099年攻占耶路撒冷。后于1100年返回法国，担任他创办的修道院院长。

一个野性十足的人，

他毫不关心

鹧鸪与野兔，

只会给它们设陷阱，

他遗世独居，

生活虽贫困不堪，

但却最甜蜜，

最惬意美好。

春天的来临激起我的热情，

加之旅行的本能，

我可以在古老的马尔堡路上

获得足够多的砾石。

没有人会去维修它，

因为根本没有人去磨损它；

正如基督徒所言，

它是一条富于生命的路。

到那里的人

不会太多，

只有爱尔兰人奎因（Quin）的

贵客而已。

那究竟是什么，那究竟是什么？

那只是一个方向，

能走出那里，

抑或是很可能通往其他地方？

路上设有石质的路标，

却没有一个行人；

城镇的纪念碑

名字刻在其顶端。

不管你在何处，

都值得你去看一看。

什么样的国王做了此事，

我仍疑惑不解；

何时以何种方式

由何种市政委员建立，

是古尔加斯（Gourgas）还是李（Lee），是克拉克

（Clark）还是达比（darby）？

永远保持某种状态

需要付出很大的努力；

某个旅行者或许会哀叹，

在空白的石碑旁，

将其所知道的一切

只用一句话刻在了碑上，

而这或许会被另一个

急需帮助的旅行者读到。

我知道一两行

这样的诗句，

文学也许存在于

世界各处，

一直到下一个十二月，

人们仍可以将其记起，

而后在冰雪消融春天来临之际，

再一次将其阅读。

如果任想象自由驰骋，

你离开你的住所，

通过古老的马尔堡路，

你便可以环游世界。

最好的土地

目前，这片区域附近最好的土地还不属于私人财产；这里的风景还未有所属，因此漫步者可以享受相对的自由。但或许有一天，这里的土地会被划分成所谓的游乐区，只有个别人才能享受到它有限且独特的乐趣；当围墙不断增多，到处都设有将人们限制在公路上的机关和陷阱时，即便在上帝的土地上漫步，也会被认为是故意闯入某位绅士的领地。全心全意享受一件事通常就是要将自己排除在真正的快乐之外。在邪恶的日子尚未来临之际，让我们好好把握机会来享受。

《漫步》

苍翠的森林和清新的草地

此刻夕阳将群山的影子拉长，
而后又落进了西方的海湾；
他终于站起来抖了抖身上的蓝色斗篷；
明天将迎向苍翠的森林和清新的草地。

我要去向何方？

外出散步时，我通常并不确定自己将要走向何方，而是听从本能的驱使，任由脚步决定我的去向，最终我发现一个异常古怪的现象——不管我怎么走，最后我都是选择了西南方，朝着那个有着独特森林、草场、荒芜的牧场和山丘的方向走去。我罗盘的指针慢慢地停下来，但它并不总是精确地指向正西南方，而是会有几度的偏差，不过这种变化是有规律的，指针始终在西方和西南偏南方之间徘徊。我的未来就在那条路上，那里的土地似乎取之不尽用之不竭，而且十分肥沃。我行走的轨迹路线不是一个圆形，而是一条抛物线，或者说更像是彗星的运行轨道，被认为是无法折回的曲线；如此看来，我的房屋恰好处于太阳的位置，而我则向西方行走。有时我会犹豫徘徊一刻钟左右，直到最后决定是向西南方还是西方走去。迫不得已时我才会向东走；但向西走时我却是出于自愿，即便那里没有什么特别的事情吸引着我。我很难相信我竟然会在东边发现美景与绝对的自由和狂野。去那里散步并不会让我很兴奋，但是我相信在去西边的路上有一直延伸到落日尽头的森林，却没有困扰我的村镇和城市。就让我生活在我想要生活的地方吧，那里一边是城市，一边是荒野，如此一来，我会越来越频繁地离开城市，跑到荒野里去。我不应该过多地强调这一点，如果我不相信我的同乡们也会做类似的事情。我应该朝俄勒冈州（Oregon）走去，而不是欧洲。这个国家正在朝那个方向发展，而我想说自古人类的发展都是自东向西的。但在几年之内，我们却目睹了人们向东南方迁移，最后在澳大利亚定居下来；这对我们来说是一种倒退，而从澳大利亚第一批移民的道德品德和身体素质来看，这次试验是否成功还未被证明。东方的鞑靼人（Tartar）认为西藏以西什么都没有。他们说："那里便是世界的尽头，那里以外便是无边无际的海洋。"而他们就住在最东边。

《漫步》

美好的知识

我们都知道，一个社会应该充斥着有用的知识。知识就是力量，或类似这样的说法。但我觉得对一个社会来说，"有用的无知"同样很重要，我们称为"美好的知识"，这是一种在更高层次上具有价值的知识。而我们经常引以为傲的所谓的知识，其实只不过是一种我们知道一些事情的自负与狂妄，这种知识甚至将真正无知的好处都剥夺了。我们所谓的知识只不过是一种积极的无知，而所谓的无知只不过是一种消极的知识而已。通过长时间耐心细致地阅读报纸，人们积累了无数的事实，并将其储存在记忆中，随后在生命的某个春天里，他突然犹如脱缰的野马，在思绪的原野上自由驰骋，而将马具扔在马厩里。我想要对这个被有用知识充斥的社会说："偶尔也去一次草原吧！"你已经吃了太久的干草了。春天已经来了，草也绿了。应该在五月底之前把牛群赶到乡下的牧场里去吃草，但是有些反常的农民却把他的牛养在牛棚里，一整年都用干草喂养它们。这就是所谓的被有用知识充斥的社会对待牛群的方式。

《漫步》

柔和的微风

柔和的微风，在人们看不见的地方徘徊，

那在罗拉风暴中被吹弯的蓟草，

在起风的峡谷中行走的旅人，

你为何如此匆忙地从我耳边经过？

我不孤独

即便孤身一人，
我却并不孤独，
即便不止我一人，
他们也并非我的私有财产。

只要意图是好的，
总会有人理解，
因为服从真理之人
必会自我赞扬。

拥抱土地

我们拥抱土地，但却很少攀登它！我认为我们还可以再提升一点点。至少我们可以爬上一棵树。我记得我曾经爬过一棵树，那是一棵位于山顶的白松。尽管我已经搭好帐篷，但只要我发现自己以前从未见过的高山时，我便会迫切地前往那里。我本可以走到一棵拥有七十年树龄的老树下，但我却找不到，而且我之前竟然从未看到过它们。那是在六月底的时候，我发现在周围白松的树枝顶端，有几朵微小娇嫩的锥形红花在怒放，并直冲天际。之后，我折下了白松最顶端的一根树枝，径直带回村庄，展示给街上我不熟悉的陪审员——因为那周刚好是法院周，还有农民、木材商、伐木工人和猎人看，而他们当中没人曾见过这样的树枝，他们甚至觉得这可能是星辰陨落后的残骸。古代建筑师的作品，不管从哪个角度去看，都是完美无缺的。而大自然里最先绽放的娇嫩花朵总是朝向天空，总是在人们的头顶之上，因而从未被人们注意到。我们只看到脚边草地里的花朵。每年夏天，松树总会在最高的树枝上开出最美、最娇嫩的花朵，那些花朵也早已超过了大自然红孩子和白孩子的头顶。但却只有少数的农民或猎人曾看到过它们。

《漫步》

低垂的云

低垂的云，

纽芬兰的空气，

河流的源泉，

露水的青衫，梦的织物，

仙女铺开的纸巾；

空中漂浮的草地，

那里成排的雏菊和紫罗兰竞相绽放，

在它的沼泽迷宫里，
麻鸦鸣唱，苍鹭戏水；
湖泊、海洋和河流之灵，
只将药草的芳香
撒向人间的田野。

斯波尔丁的农场

一个午后，我到斯波尔丁农场去散步。落日的余晖将对面宏伟的松树林照亮，金色的光线洒在林间小路上，宛若照进了金碧辉煌的殿堂。我觉得好像有一个历史悠久、受人尊敬、高贵显赫的家族曾住在那个叫作康科德的地方，而我对那个地方并不熟悉；对他们来说，太阳就是他们的仆从；他们从未融入乡村的生活中去，也从未有过任何访客。在森林里，在斯波尔丁的蔓越莓草地上，都有他们的公园和游乐场。公园和游乐场四周被松树环绕。他们的房屋就建在林中，很不容易被发现。我不知道自己是否听见了一声低沉压抑的欢呼声。他们似乎很依赖日光。他们有儿有女，生活幸福美满。穿过他们屋前的农民的车辙丝毫没有让他们感到不便，就好像泥池底部偶尔能看到天空的倒影。他们从未听说过斯波尔丁，也不知道他就是他们的邻居，但我却听到他在赶着牧群经过他们家门前时吹着口哨。没有什么能比得上他们生活的平静与安宁。他们的徽章只不过是一片青苔。我看到它被涂在了松树和橡树上。他们的阁楼位于大树的顶端。他们不是政治家，也不是农民，因而没有劳作产生的噪声。我从未见过他们纺纱或织布。但当风声渐渐消散之时，我便能听到远方传来一阵只有最美妙的想象才可以设想的乐声，就像五月里远处蜂巢传来的声音，而那很可能便是他们思考的声音。他们绝不会有任何懒惰的想法，而外界也没有人能看见他们的劳动，因为他们并不是三五成群地在劳作，且他们辛勤劳作也不是为了一些没用的东西。

《漫步》

小小的漫步

一个人愿意将自己小小的步调与整个种族的大迁徙保持一致，我觉得这并不是什么了不起的事情，也没有什么特别之处；但是，我知道鸟类和四足动物也有类似的迁徙本能——在很多情况下，松鼠就因受到这种本能的影响而进行大规模神秘的迁徙运动，在迁徙的过程中，有人看见它们以自己的尾巴作风帆，一只紧挨着一只地穿过宽阔的河面，或者是用它们的身体在狭窄的溪流上搭起一座长桥——就像是春季影响牛群的热病，这种病是由寄居在它们尾巴里的蠕虫引起的，不仅会影响到国家和个人，而且时有爆发，连年不绝。这不像一群野鹅穿过我们城镇那么简单，而是会在一定程度上影响当地房地产的价格。如果我是个房地产经纪人，我或许会把这场骚乱写到记录里去。

香客盼望膜拜圣徒的灵台，
僧侣立愿云游陌生的滨海。①

我看到的每一个夕阳好像在召唤我迈向那遥远而美丽的西方，也就是太阳落下的地方。他似乎每天都在朝西方移动，并诱使我们跟随他的脚步。他是整个国家都紧随其后的伟大的西部开拓者。天边那些我们日夜梦想的连绵山脉，尽管可能只是水汽形成的幻影，但是在阳光的照射下，也闪烁着夺目的光芒。亚特兰蒂斯岛（The Island of Atlantis）②、赫斯珀里得斯（Herperides）③的极乐岛和金苹果园，这尘世之中的天堂，仿佛是古人的大西方，而这只在神话传说和诗歌中出现过。眺望黄昏的天际，谁不曾在想象中看到赫斯珀里得斯的金苹果园，还有所有那些神话故事的源头呢？

《漫步》

---

① 引文选自英国文学之父杰弗雷·乔叟（Geoffrey Chaucer，1343—1400年）的《坎特伯雷故事》。

② 亚特兰蒂斯岛，据说是位于大西洋直布罗陀海峡以西的岛或洲，拥有高度发展的文明，常以海洋之神的子民自居，对大海有着强烈的崇拜。对于它最早的描述出现在古希腊哲学家柏拉图的著作《对话录》里，据称其在公元前一万年左右被史前大洪水所毁灭。

③ 赫斯珀里得斯，古希腊神话中的仙女，共有姊妹三人。她们居住在阿特拉斯山附近，在西方大洋中的一处孤岛——赫拉的花园中看守金苹果树。

美国的思想

令人备受鼓舞的证明

这都是些令人备受鼓舞的证明。如果说这里的月亮看起来比欧洲的大，那么，这里的太阳看起来大概也会更大。如果美国的天空看起来更高、星星更亮，那么，我相信这些事实象征着其居住者的哲学、诗歌和宗教有一天所能上升到的高度。最终在美国人的心中这种非物质的天堂或许会更崇高，而装点它的比喻也更灿烂。我相信气候对人的影响就像山林中的空气一样，滋养灵魂，开启心灵。在这些东西的影响之下，难道人的精神与肉体不会变得更完善吗？或者他的生命中究竟有多少阴天一点也不重要吗？我相信我们会更富于想象力；我们的想法会如我们的天空一样更清晰、更新奇、更缥缈；我们的理解力会如我们的平原一样更全面、更宽广；我们的智慧会如我们的雷鸣、闪电、山川、河流和森林一样更深邃，运用得更广泛；而我们心胸的广度、深度和崇高度可与我们的内陆海相媲美。

旅行者也许会觉察到些什么，但他却不知道我们的面容上有着怎样的愉悦和安详。此外，这个世界会继续向何处延伸，为何只有美洲被发现？

我几乎不需要再对美国人说什么——
帝国之星会踏上向西的旅途。

作为一个真正的爱国者，我竟然觉得，总体来说，天堂里的亚当比那些生活在边远地区的人更适宜在这个国家居住，我应该为自己的这种想法感到羞愧。

《论公民不服从的权利》

英雄

他有何需求？
一项有价值的任务。
在任务完成之前
他绝不会临阵逃脱，
天底下从未有人
完成过这项任务。
从这里开始，
通过他的努力

一切终将胜利。

永永远远、

健康幸福地

定居在这片土地上。

土地被开垦、

种植和翻新。

竭尽所能地

获得健康和力量。

将勇气赐予

瘦小如柴的他，

但他仍将承受

巨大的苦痛，

保护敏感脆弱的他

免受丧亲之痛的折磨。

不因生活的优越

而丧失生命，

在孤单的牢房里

也不逃避争吵。

人民手中的权力

当权力一旦掌握在人民的手中，他们便会同意由多数人

来长久地统治国家，这样做的现实理由不是因为他们最有可能
代表着真理，也不是因为这样对少数人来说最公正，而是因为
他们在力量上最强大。然而，即使是一个在任何情况下都由多
数人进行统治的政府也不可能建立在公正的基础之上，哪怕是
人们所理解的公正。那么，是否存在这样一种政府，那里的是
非对错不是完全由多数人的意志决定的，而是以道德为标准去
评判的；那里多数人只能决定那些可根据权宜原则进行管理的
问题？难道公民必须在某个时刻或在最低限度上让自己的良知
在立法者面前屈从吗？如果这样，人们要良知还有何用？我认
为，我们首先应该是人，其次才是臣民。用不着像培养对公正
的尊重一样，去培养对法律的尊重。我唯一有理由承担的义务
就是随时去做我认为是正确的事情。政府是没有良知的，这话
说得一点都不假；但是如果政府由有良知的人组成，那政府便
有了良知。法律丝毫不会让人变得更公正些；相反地，善良之
人可能会因为严格遵守法律而日益成为不公的执行者。过分遵
守法律造成的一个普遍而又自然的结果就是：你会看到一个由
士兵、上校、上尉、下士、一等兵和军火搬运工组成的队伍，
所有人都迈着整齐划一的步伐，跨过高山，越过山谷，奔赴战
场；由于这样做有悖于他们自己的意愿、常情和良知，从而使
他们的行军变得异常困难和危险，让每个人都心惊肉跳。他们
毫不怀疑自己所卷入的是一场该死的交易；他们都心平气和、
心甘情愿。如今，他们又算什么？是真正的人吗？还是可移动
的小型堡垒和弹药库，在为某些不择手段的掌权之人服务？参

观一下海军基地，再看看海军基地的战士，那就是美国政府所能造就的人，或者说只有美国政府可以用它的巫术把一个人变成这样——他仅仅只是人类的影子和记忆，一个被安排在外面站岗的活人，就像人们所说的那样，他早已带着陪葬物，被埋在武器堆里了。

战鼓未鸣，哀乐未奏，
他的尸体被我们匆匆抬进壁垒；
在我们埋葬英雄的坟墓前，
没有一个士兵为他鸣枪送别。①

《论公民的不服从权利》

独立

我的生活比任何行政组织
都更文明与自由，
君王啊，你统治你的王国
掌握你有限的权力，
它们不及我的梦辽阔，

---

① 引文选自察理·沃尔夫（Charles Wolfe，1791—1823年）的《约翰·穆尔爵士的葬礼》（*The Burial of Sir John Moore*）。

也不及此刻富裕。

我没有的，你能给予吗？

我拥有的，你要抢走吗？

你能保卫那些手无缚鸡之力的人吗？

你能赤身裸体吗？

一切真理都希望时间的耳朵聋掉，

贫困的状态加重了

他们的钱财危机——

但一个自由的灵魂——谢天谢地——

可以自救。

确保你的命运

不要与其国家息息相关，

不要与任何群体相连——

即便是国土上的显赫贵族

住着帐篷，

穿着别处都没有的金衣

却比他们更具骑士风范。

因更高尚的战争而叹息。

它的号角响起更嘹亮的声音，

它的铠甲发出更闪耀的光芒。

我一直渴望的生活是

无须任何人给我建议——

街道上的任何交易

都无法磨损它的纹饰。

美国政府

我每年都会通过收税官和美国政府，或者它的代表——州政府，有一次面对面直接接触的机会。这是像我这种处境的人必然要和政府打交道的唯一方式。它会明确要求我承认它。为了要在这种情形下应付它，并表达对它微乎其微的满意和喜爱，最简单、最有效且在目前形势下最必不可少的方式就是否认它的存在。我的邻居，也就是那个收税官，正好是我不得不打交道的人——因为，毕竟我要与之争论的是个活生生的人，而不是羊皮纸文件——他已自愿选择充当政府的代理人。要想清楚地知道他是作为一个政府官员，还是作为一个人在办事，就要看他是把我——他的邻居，一个他所尊敬的人，当成是邻居和品行端正之人，还是当成疯子和寻衅滋事之人；看他是否能不使用与其行为相一致的那种更粗鲁、更偏激的言语和思想，就能除掉我这个妨碍邻里和睦的碍事之人。我很清楚：假如我认识的人中有一千个人、一百个人、十个人——即使只有十个正直之人——或者就算只有一个正直之人在马萨诸塞州开始停止蓄奴，并因确实终止了与政府的合作而被关进监狱，这就可以算作是美国废除奴隶制的开始。因为不管开始看似多么渺小，事情一旦开始做了，就永远会有效果。而我们更喜欢做嘴上功夫，我们说耍嘴皮子才是我们的责任和使命。有很多的报纸都在为改革服务，但却没有一个人为其所用。我敬爱的邻居，那个宁愿整天在议会大厅里解决人权问题，也不愿意冒可能被关进卡罗来纳州监狱的风险的人，是马萨诸塞州的代表，而马萨诸塞州正急切地想把蓄奴的罪责推给它的邻州——尽管它目前只发现一些不友善的行为可作为与邻州争吵的缘由——假如我的邻居他愿意和马萨诸塞州监狱里的囚犯坐下来谈谈，那么第二年冬天立法机关就不会再继续回避奴隶制的问题了。

《论公民的不服从权利》

在狱中

　　在狱中的那个夜晚新奇而有趣。我进去的时候，穿着监狱服的犯人们正倚在门口闲聊，并呼吸着夜晚的空气。这时狱卒却很不识趣地说："赶快进去吧，伙计们，该锁门了。"于是他们便各自散开，通道里只留下他们返回空荡荡牢房时的脚步声。狱卒向我介绍了一下我的狱友，说他是个极好极聪明的人。牢门被锁上之后，他给我指了一下挂帽子的地方，并告诉我他是如何在这里生活的。这里的牢房，每个月粉刷一次；而我们所住的这间可能是全镇最白、配备最简单，也最整洁的房间。他自然想知道我来自哪里，为何坐牢；我都一一告诉了他，之后我也问了他同样的问题，当然，我认为他是个诚实的人；而且我始终相信他是个诚实的人。他说："他们控告我放火烧了一间粮仓，可我根本就没有这样做过。" 我做出的最接近事实的推测是，他可能是喝醉之后跑去粮仓里睡觉，又在那里抽了一袋烟，结果粮仓就被烧着了。他是一个公认的聪明人，在狱中等待审判已经有三个月之久，而且很可能还要等更久；但他却十分安静与温顺并觉得很满足，因为他觉得监狱里的待遇还不错，可以免费吃住。

《论公民的不服从权利》

延误

任何慷慨仁慈的行动都无法延迟
或阻碍我们更崇高、更坚定的目标，
但如果它们确是诚挚与真实的，
必将引起我们的注意，并给我们以力量。

爱之舟，国之舰

爱之舟，国之舰，
每一艘皆载满仇恨，

我们召开的每一次议会
都意味着联盟的解散。

尽管南方诸州仍未被解放，
北方同盟军却因那个誓约而得救，
因为在他们的命运里我们关注的
是我们的爱而非恨。

我的狱友

　　他守着一扇窗户，我守着另一扇。我发现，一个人在狱中待久了，他最主要的事情便是眺望窗外。我很快就读完了所有留在这里的只言片语，也仔细看过犯人曾越狱的地方，那里的铁栅栏被锯下来过。我听着狱友给我讲各式各样曾经住在这间屋子里的人身上所发生的故事；我发现这里有着专属于它自己的历史，有着一些从未曾流传出监狱高墙之外的逸闻趣事。或许这里是全镇唯一一个诗歌创作之地，在这里创作的诗歌之后便被印刷成册以供流传，只是从未被出版过。他给我看了一个写满诗歌的长长的单子，这上面的诗歌都是一些企图越狱却被发现的年轻人所创作的，他们是想通过吟唱诗歌来抒发自己的郁闷。我竭尽所能地让他把他所知道的都讲给我听，因为我怕以后再也见不到他了；但最后，他只是告诉我该睡哪张床，然后让我别忘了熄灯。在狱中度过的一夜就像到一个遥远的国度旅行，我从未料到自己可以看到那样的风景。仿佛我之前从未听到过镇上的钟声，也从未听到过村庄夜晚的声音；难道是因为我们睡觉的时候没有关铁栅栏内的窗户？我看到我们的小镇仿佛被中世纪的月光笼罩，康科德河变成了莱茵河，骑士和城堡的幻影从我面前一闪而过。我甚至听到街道上传来老市民说话的声音。在邻近村庄小酒馆的厨房里，我无意中听到并看到了发生在那里的一切——这些于我而言都是一种全新的、弥足珍贵的体验。这是对自己家乡近距离的观察。我真真切切地感到自己就置身其中。我之前从未见过它的公共机构，而监狱应该算是它比较独特的一个机构了，因为它是一个郡级市。我全面了解了那里面人们的情况。

复乐园

打造人间乐园

　　各位同胞，鄙人承诺示一法于诸君，循此法，十年内即可打造一人间乐园。彼乐园中，无须劳动，不用付出，生平所需之物皆可为众人所得，且取之不尽；彼乐园中，自然风景之总貌将呈最美之形态，凡夫亦可乐居最美之宫室，穷尽世间之奢华，畅游最宜人之庭园；彼乐园中，今日非数千年之功不能成者，彼时一年绰绰有余，且无须劳神费力。山岳可夷为平地，沟谷可成深堑，造湖涸泽亦可遂愿，陆上各处，运河绮丽，纵横交错，公路宽广，纵千吨之物亦可载送，日行千英里亦非难事；大洋以漂浮之岛屿可驭，岛屿动力无尽，速度无限，无往不至，且安全无忧，舒适奢华皆备，园林宫殿不乏，一岛可纳数千户，皆有甘甜之水可饮；可探地球内部之奥秘，只两周即可跨南北两极；有闻所未闻之方式，以增广见闻，洞悉世界，亦可加积智慧；可长享今人不知之幸福快乐；今日烦人之恶行种种，几可尽除，死亡虽不可免，但亦有良方可益寿延年，让离世终不再痛苦那般。如此，则人类可于新世界乐居安享，远胜于今，其胜于众生者，亦远矣。[①]

《复乐园》

俯视

我站在高处俯视各国，
它们在我眼前皆成尘埃；
我气定神闲地居于云端；
我欢快愉悦地栖于田野。

超验主义

由此处以及其他多处，似乎可以看出，超验主义不仅在伦理学方面，而且在机械学方面都有所体现。当一个改革家的整个领域超越空间的边界，另一个改革家正在推进自己的计划以最大限度地提升整个种族。当一个人在擦拭天国时，另一个人

---

① 引文选自德国作者约翰·埃茨勒（John Etzler）所著人类历史上第一本科技乌托邦作品《人类可获得天堂，无须劳作，依靠自然与机械之力；写给所有聪慧的人们》。

在清扫大地。如果一个人声称要开始改变自己，那么自然与环境问题将迎刃而解。我们千万不要自我封闭，因为那会是我们最大的阻力。相较于天文学家自身的双目失明，他因一片云彩的遮挡而无法看到日月星辰，则显得无足轻重。而另一个主张，改造自然与环境，那么人的问题将不复存在。埃茨勒先生清楚地谈到了对世界的改造——我要改变这个星球本身。不论是将这幽默从我体里移除，还是将这种讨厌的幽默从这个星球上的所有人体里移除，这又有什么要紧的呢？不，难道后者不是一项更宏大的事业吗？目前，我们疲惫不堪的星球正在自己的轨道上运行。

我们应该听何种音乐？

每一首旋律优美的曲调，
都将斥责带给我，
我侧耳仔细聆听，
这首歌为谁而作。

美好的家园

美好的家园现在已经传到了我们手中，而我们却几乎没有采取什么让它变得更美好的措施，不管是清污秽，树篱笆，还是挖沟渠，这些一项都没有做。我们连根手指头都不愿动，就迫切地想要到一片更富饶的土地上去，一如我们的农民正在往俄亥俄州迁移；但是，如果继续在世界上这片新英格兰的土地上辛勤耕耘，积极开拓，难道不是会更显得英勇和忠诚吗？这个星球依旧年轻充沛的精力只不过是需要被引向正确的通道而已。报纸上到处都是关于狂风肆虐所造成的恶果的报道——海难、飓风，海员和农民都将此视为天意；但灾难触动到了我们的良知，提醒我们自己的罪孽。如果再来一场大洪水，人类将无地自容。不得不承认，我们从未对大洪水以前的先民有过些许敬意。一个真正精明的商人，不会不事先查看一下自己的账户情况就全然投入到生命的旅程中。现在悬而未决的事情太多了！谁又能知道明天是否会风云突变呢？我们千万不能向自然屈服。我们要让云雨俯首，阻止暴风雨的来临；我们要将有害气体封藏；我们要探索地震，并将其揪出，让危险气体散发出来；我们要根除火山，去除其毒害，消灭其源头。我们要将水洗净，让火变暖，使冰变凉，我们要支撑起这个星球。我们要教鸟儿飞翔，教鱼儿游泳，教反刍动物反刍。我们是时候该好好研究一下这些问题了。

他们在楼下为我准备晚餐

他们在楼下为我准备晚餐，

不小心打碎了茶壶，

在拿着钳子和铲子来回走动时，

叮叮当当的响声在小屋里回荡，

又飘到了屋外，

让小屋变成了东方的庙宇。

我最先想到手边的牛铃，

桦树的声响在开阔的田野上空飘荡，

多年以前，

我曾在那里采过鲜花，

度过仲夏的时光，

那无忧无虑的快乐让时间仿佛静止。

道德家

　　道德家才会追问，人们究竟可以做些什么来改善和美化这个星系；又究竟可以做些什么，让群星更加璀璨耀眼，让太阳更加欢快愉悦，让月亮更加怡然自得。难道他不能让鲜花的色彩更加绚烂，让鸟儿的歌唱更加悦耳吗？对弱势族群，他履行自己的义务了吗？难道他不应该成为他们的神祇吗？对鲸鱼和海狸而言，宽宏大量有何用呢？我们难道不可以用宽厚之心来对待鲨鱼和老虎，而非要自降身份，和它们一样用鲨鱼尖利如矛的牙齿和老虎坚固似盾的毛皮来对待同类吗？我们诋毁土狼；其实人类才是最凶狠的动物。他几乎无诚信可言。即使是犯错的彗星和流星也会感谢人类，并以它们自己的方式来回报人类的友善。

爱的告别式

无忧无虑，无牵无挂，我将要踏上旅途，

当我向你辞行时，

我清楚地知道未来的某一天，

坐着高利贷者的飞船，我要找寻的不止我自己。

改善我们与大自然的关系

为了要改善与生机勃勃的大自然之间的关系，我们需要做的还有很多，其中可能会包括我们的友善和优雅礼仪，对此我们没有丝毫的怀疑。有一些特定的工作，即便不完全是诗意与真实的，但至少也揭示了人和自然界之间存在一种比我们所知道的更高尚、更美好的关系。譬如，养蜂便是一种非常轻微的干预。养蜂便如同指挥日光一般。自最遥远的古代开始，所有的国家就如此影响着大自然。除了希腊的伊米托斯山（Hymettus）^①和意大利的希伯罗（Hybla）^②，还有多少其他著名的养蜂圣地啊！这些小小的蜜蜂心里没有任何粗鄙的东西——它们的嗡嗡声就好像草地上公牛微弱的哞哞声。最近，一位和蔼可亲的评论家提醒我们，在有些地方，这些蜜蜂会被人们引到鲜花遍地的草场里去。他说："科路美拉（Columella）^③告诉我们，阿拉伯的居民们将他们的蜂箱运到阿提卡（Attica）^④，去给那里晚开的花朵采蜜。"每年，满载成堆蜂箱的船只在尼罗河上航行，它们白天休息，夜晚才沿尼罗河慢慢漂流，以配合两岸盛开的鲜花。每到一地，他们都会考虑花卉的丰足程度，以及在此地停留可获得的收益程度，并据此决定是否要在此地停留或停留多长时间。还是这位评论家，他告诉我们有一个德国人，此人所养的蜜蜂与他邻居所养的蜜蜂相比并没有什么明显的优势，但是蜂蜜的产量却远高于他的邻居。最后他告诉他的邻居们，他把自己的蜂箱朝东多转了一度，如此一来他的蜜蜂每天清晨都可以占有两个小时的先

---

① 伊米托斯山，希腊雅典东南面的石灰岩山，是蜜蜂成群的地方，也是著名的阿提卡蜂蜜产地。
② 希伯罗是意大利西西里岛的一个小城，当地的蜂蜜最为著名。
③ 科路美拉，古罗马作家，生活在公元 1 世纪，其著作《农业论》(*De Terutisca*) 主要以散文体写成，只有卷十以六音步的格律写成，是奴隶制开始衰落时期的有关农业生产技术及管理的重要文献。
④ 阿提卡，希腊中东部区名，南和东濒临爱琴海，面积三千三百七十五平方公里。盛产蜂蜜，首府雅典。公元前 11 世纪时以巨型画瓶艺术著称。公元前 13 世纪时已建独立居民点，有海上贸易。

机，因此可以采到第一口蜜。没错，这一切的背后有欺诈，也有自私，但这些事情给那些有诗意头脑的人提供了一些线索，让他们知道可以做些什么。

《复乐园》

神的美味佳肴即是地球上的野草

神的美味佳肴即是地球上的野草，
他们的琼浆玉液便是清晨的朝露，
我们的鞋子就能品尝得到，
因为神也不过是普通人而已。
神的美味佳肴竟然只是地球上的野草，
就像琼浆玉液只是打湿我们鞋子的朝露，
因为神也不过是普通人，
我们应该仰慕他们卑微的美好。

粗暴干涉的实例

还有很多更粗暴干涉的例子，但它们并非没有辩解的理由。去年夏天，我们在山脚下看到一户农人让一条狗在平轮上走动，让轮子带动制作黄油的搅拌器；虽然那条狗累得双眼酸痛，咳得让人揪心，但仍是一副很谦恭的神情；而因为它的辛苦，农人的面包也终于有了黄油。毋庸置疑，在最辉煌的成就中，牺牲的往往都是最下层群体的利益。近些年来，马匹很多无用的活动也被人类加以充分利用，且用到的仅有两种力——一种是马匹的重力，这是一种向心力；还有一种是马匹前进时的离心力。人们在计算时只考虑到了这两种因素。如此一来，是不是就意味着马匹整体的消耗比原来更节省了呢？相较于绝对运动而言，生命有限的生物不是都更喜欢相对运动吗？我们伟大的地球也不过就是类似这样的一个轮子——一个更大型的脚踏车而已；所以我们的马匹在大草原上闲散的运动常常因地球本身的绕轴运动而受到阻碍抑或是失去意义。但是，在此地，马就是主角，就是动力；对于变幻的风景而言，在马车前面安装个窗户，不正是马匹本身不断变化的活动和不断波动的力量才让我们在沿途的乡路上欣赏到了不断变幻的风景吗？我们必须承认，目前，马是专门为人服务的，而人却很少替马着想；这种牲畜在人类的世界里慢慢开始退化。我们预想着终有一天，人类将会成为物质世界的主宰，时间与空间、高度与深度、重量与硬度，这些抽象概念将不会再妨碍人类，人类将会是真正的万物之灵。

《复乐园》

亚当的堕落

在亚当的堕落中
我们成了罪民，
在新亚当的崛起中，
我们将重返伊甸园。

新的运输工具

新的运输工具和移动工具将会被使用："大型方便，宽敞舒适，可载成千上万吨的东西，只能在平坦道路上行驶的交通工具，可将任何的人、东西、小型房屋、娱乐休闲设施等以每小时四十英里或每天一千英里的速度由陆路从一个地方运往另一个地方。" 用原木或是木制品建造漂浮岛，同用岩石和树木建造岛屿其方式是一样的，或许建造前者是为了与后者形成交织，从而强化了整体的效果；又或许漂浮岛上也满是花园和宫殿，并由最强大的引擎驱动，以便它能够以相同的速度漂洋过海。如此一来，人们便可以在人间天堂里，以飞鸟的速度，从一个气候带移到另一个气候带，看遍世间的各种变化，并与遥远国度里的人们互通有无。人们可能只需要两周的时间便可以从南极到北极或从北极到南极；只需要一到两周的时间就可以去海外国家游玩；而环游世界的行程也可在一两个月内完成，不管是通过陆路还是水路。既然地球上仍有大片足够的空间可供人类生存，那里四季如夏、物种繁多、草木茂盛，那我们为何每年还要去度过沉闷严寒的冬季呢？地球表面一半以上的地方没有冬季。人们将有能力防止与消除气候的不利影响，并永久地享受最适宜他们身体、最让他们觉得舒服的气温。谁知道呢？一直到20世纪末为止，我们都在积蓄能量，同时只使用最小份额的能量，并将所有的风能，所有的太阳能，所有的潮汐能以及所有的波能都储存起来，如此一来我们最终储存积聚的能量总和或许足以在某个夏天让地球脱离其原先运行的轨道，进入新的运行轨道，从而改变目前单调的四季变迁。又或者，未来的人们因无法忍受地球的衰败，便利用空气运动、空间导航等未来的新发明，将整个人类种族迁离地球，到某个更广阔、更西方的星球定居。那个星球依然健康，但或许没有泥土气息，它不是由泥土与岩石组成的，它上面只分布着原始地层，连野草也不生长。无须太多的艺术，只需要简单地运用一下自然规律，一艘独木舟，一把船桨，一张席子做的风帆，便可将人们送到太平洋诸岛上，如果能再多运用一下上面所说的工具，便可将人们送至宇宙中闪烁的星岛上。难道我们没在苍穹中看到夜间的灯光沿河岸闪烁吗？就像哥伦布当初看到的那样。让我们不要绝望，也不要哗变。

《复乐园》

超自然的力量

　　熟知超自然力量的人，是绝不会去崇拜风、浪、潮、日等诸位小神的。但是我们也万不可轻视我们之前所做的权衡与估量。这些估量在物理学上是真理，因为它们在伦理道德上是正确的。没有人会贸然对道德的力量加以计算。假如我们可以将道德与物理相提并论，譬如说每平方英尺人类灵魂之上所作用的爱等于多少马力。毫无疑问，我们很清楚爱的力量，而数字并不会增加我们对这种力量的敬意，就连阳光也只不过才相当于它的一丝热量而已。太阳的光不过是爱的影子。沃尔特·罗利（Raleigh）[①]曾说过："爱神畏神之人，他们的灵魂会感受到神圣之光的影响，于他们而言，阳光的清透，星光的璀璨，都不过是柏拉图所说的影像而已。光不过是上帝的光明之影，而上帝才是光中之光。"另外，我们还可以再加上一句，上帝是热中之热。爱是风，是潮，是浪，是阳光。它的力量无法估算，它可相当于若干马力。而且这种力量永不停歇，永不削弱；它无须支点便可撬动地球。无火却能给人温暖，无肉却能让人饱腹，无衣却可蔽体，无顶却可挡风遮雨。爱筑造了我们心中的乐园，因而外面世界的乐园便可被

[①]　沃尔特·罗利（Walter Raleigh，约1552—1618年），英国文艺复兴时期一位多产的学者。他是政客、军人，同时是一位诗人、科学爱好者，还是一位探险家。

我们舍弃掉。

朋友啊！离别的眼泪挽留了它

朋友啊！离别的眼泪挽留了它，
尽管它对于他们格外地珍贵！
假如我能认为它确是我应得的，
那我将快乐无比。

洞穴里已满是野兔

洞穴里已满是野兔，
汲水杆也已倾斜，
每一座房子似乎都无人居住，
但却被鬼神萦绕。
悲伤的旅行者奋力前行，
无比沉默无比忧郁，
因为每个人皆是一个小丑，
而每座房子皆是一出闹剧。

不存在能让骨骼扩张的劳动

让骨骼扩张，
让肌肉结实的劳动并不存在，
你纯粹是在浪费时间！
最好祈祷它值得人们为之而生，
抑或为之而死。
让我们看看高高在上的伟大行动，
竭尽全力去触摸天空，
仿佛我们就住在如山般巍峨的国度里。
地狱也并非完全难以忍受，
如果我们被置于地狱里最热的地方。
将地狱放在至高无上的地位，
难道你就不怕会将其宠坏？

智者

尽管历代智者都曾费尽心思地想要宣扬爱的力量，且世人或早或晚、或多或少地都曾感受到爱的力量，但实际上，真正被用于实现社会目标的少之又少！确实，爱是所有成功的社会机械的动力；然而，就像在物理学上我们无法让那些元素为我们做很多事情一样——不过就是用蒸汽代替几匹马，用风代替几支桨，用水代替几把曲柄和几个手推磨而已——正如机械能尚未被大规模广泛地应用以使人们的物质世界与理想世界相符一样，爱的力量也仍然只是被少量、偶尔地加以利用。因爱而生的不过是济贫院、医院、《圣经》公会等类似这样的机构，而拥有无限能量的爱之风仍在吹着，且不时地拂过这些机构。在积聚爱的力量，让它在未来某一天以更大的能量发挥作用这方面，我们做得实在是太少了。既然如此，难道我们不应该为这项伟大的事业贡献自己的一份绵薄之力吗？

《复乐园》

第二部分
瓦尔登湖

当你坐上一列火车的时候，你需要的是一片陆地，当你坐在马车里的时候，你需要的是一座城镇；但是对像梭罗这样的漫步者来说，他可以在瓦尔登湖畔得到更多。

约翰·伯勒斯（John Burroughs）[①]，

《银河系》（*The Galaxy*），1873年6月

[①] 约翰·伯勒斯（1837—1921年），美国著名的博物学家、散文家，与约翰·缪尔（John Muir）并驾齐驱，两人均为美国环保运动标志性人物。伯勒斯一生著作颇丰，是继梭罗之后美国文学自然散文领域中最重要的实践者。代表作有《醒来的森林》（*Wake-Robin*）。

康科德镇的生活

我们与陌生之人的交谈犹如一场演讲

真的，我们与陌生之人的交谈便犹如一场演讲，
只有经过训练的耳朵才能抓住那汹涌澎湃的话语，
在你厚厚的嘴唇间爆发与消亡。
你思绪的流动宛如流水般寂静无声，
又宛如从你表面升起的晨雾般飘飘荡荡，
因此你谦卑的灵魂将它吸入，
并被你要表达的真理所包围。

即便最遥远的星星也已成群结对而来，
弯腰接受你给的恩赐与祝福。
日复一日，
公正的太阳在你狭窄的天际线前

不断展示着自己，

而月亮也有周期地朝着这个方向运转，

像朝别处转动一般频繁，告诉你夜晚的来临。

稀疏的云朵悄悄朝着那边慢慢移动，

在你的脸上看起来却更加的美丽。

啊！快告诉我近千年以来，

在跨越你江河湖海的蓝色穹顶之上，

大风都写了些什么——

抑或告诉我太阳都传递或精装再版了些什么，

以便你私下阅读。

近些天来我已阅读了一部分内容，

但是能够振奋心灵的内容仍有很多，

而人眼却无法看到，

我非常想阅读它华丽的第一页，

上面还留有新鲜的油墨味，而欧洛斯（Eurus）[①]、玻瑞阿斯（Boreas）[②]，

以及空中的作家，

最先将他们的笔尖蘸在晨雾中。

[①] 欧洛斯，希腊神话中的东风之神。
[②] 玻瑞阿斯，希腊神话中的北风之神。

我的想象

　　我的想象已飞出太远，我甚至想到一些农场主可能会拒绝将他们的农场卖给我——不过被拒绝正合我意——我从不会让真正占有农场这种事弄得我苦闷不堪。我最接近真正占有农场的一次是购买霍洛韦尔（Hollowell）农场时，当时我已着手挑选种子，准备了一些木料用来做手推车，然后用手推车来运送种子。但是，就在农场主要把契约书给我时，他的妻子——每个男人都有一个这样的妻子——突然改变主意，希望把农场留下来；于是农场主提议赔偿我十美元以解除约定。现在，说实话，我当时全身上下仅有十美分，假如我真的有十美分，或者有一个农场，又或者有十美元，抑或拥有这所有的一切，那我这点数学知识可能就无法算清楚了。不过最后我还是把十美元连同农场一起退还给了他，因为这次我已经做过头了；或者应该说我这个人很慷慨大方，我按买进时的价格分文未多地将农场又卖给他，因为他也不是很富裕，我还把那十美元作为礼物送给他；而我自己还剩下十美分、选好的种子以及造手推车所用的木料。这样做以后，我觉得自己表现得很阔绰，但其实我还是原来那么穷。不过，那里的风景依旧归我所有，此后这片土地一年四季的风光，我不用手推车也可以带走。关于风景，

我是君临天下美景的帝王，
在那里，我的权利毋庸置疑。①

可敬的人们

可敬的人们，

他们在哪里居住？

他们在橡树林中私语，

在干草堆里叹息。

从夏到冬，日日夜夜，

外面的草场是他们居住的地方。

他们永生不死，

不啜泣，不喊叫，

也不双眼含泪，

乞求我们的怜悯。

他们将庄园打理得井井有条，

乐意为有需要的人提供帮助，

将财富施予海洋，

将兴旺施予草场，

---

① 引文出自英国诗人威廉·古柏（William Cowper，1731—1800 年）所写的《古柏诗集·第一卷》（*Poems by William Cowper*）。

将长度施予时间，

将力量施予岩石，

将光亮施予星星，

将夜晚施予疲惫者，

将白天施予忙碌者，

将玩耍施予闲散者；

为此他们的欢呼永不停息，

因为万物皆是他们的债务人，也皆是他们的朋友。

豆田

在任何土拨鼠或松鼠穿过马路前，或者在太阳升上矮丛橡树之前，在所有的朝露还晶莹欲滴的时候，我就已经开始拔除豆田里那一排排狂傲的野草，然后用泥土将它们掩埋；尽管有些农民告诫我不要这样做，但如果可能的话，我还是建议你在露珠还没消散前就把所有这些事情做好。一大清早，我便赤脚在豆田里劳作，就好像一个造型艺术家在露湿细碎的沙土里拨弄。等到日上三竿，太阳晒得我脚上都起了水泡。我就在阳光的照耀下给豆子松土锄草，慢慢地在那满是黄沙砾石的高地上来回走动，两边是长达十五杆①的一排排绿色豆子；豆田

---

① 杆，西方的长度单位，一杆约为五公尺。

其中一端的尽头处是矮丛橡树林，我常在那儿的树荫下休息；另一端则伸向一块黑莓田，我每走一个来回，总能发现青色浆果的颜色又加深了一些。拔掉杂草，在豆茎周围培上新土，以助长我所种植的作物，让黄色的土壤通过豆花与豆叶而不是苦艾、狗尾巴草来表达夏日情思，让这片土地长出豆苗而不是杂草——这就是我每天的工作。因为我没有牛马，没有雇工和小孩的帮助，也没有借助各种先进的农具，所以我工作的进展特别慢，也因此比以往与豆子更加亲近。用双手劳动，有时甚至会累到精疲力竭，但这或许要比无所事事好吧。这中间便有一个永恒、不可磨灭的真谛，对学者而言，它是带有古典哲学的韵味的。

我认识一个人

我认识一个人，
一个无可指摘的人，
一年或更长时间以来，
他每天都经过我家门前，
我却从未与他交谈。
我见到他是在一条小巷，
他和他的手杖，
那里离家大约三公里，

我碰巧出来闲逛，

我凝视着他，他凝视着我。

在更远的地方，

我瞥见他的脸，

本能地向他鞠躬，

他也开始向我鞠躬，

我们同时鞠躬，然后擦肩而过。

后来，在异国他乡，

我抓住他的手，

跟他交谈，

聊东聊西，

仿佛早已相熟很久。

再后来，在一片荒野中，

我分担了他的忧愁，

他看上去很窘迫，

而我不过是个流浪者；

我们成为彼此的知己。

我想，

伟人抑或凡人，

只要依然活在世上，

不管出生早晚，

是陌生人还是敌人，总有一天会认识彼此。

一个勤劳的农民

在那些经过林肯（Lincon）和韦兰（Wayland）一直往西去到谁也不知道是哪里的旅行者眼中，我就是一个勤劳的农民；他们悠闲地坐在马车里，手肘放在膝盖上，任由缰绳像彩带般松松垮垮地垂下；而我只是一个土生土长、勤劳的本地农民。但是很快我的农场便在他们的眼里与心里消失不见。由于大路两边相当长的一段距离内，只有我这一片开阔的耕地，所以他们都十分重视这片土地；有时候我这个在田里劳作的人会无意中听到很多我本不应该听到的过路旅行者的闲言碎语和评头论足："蚕豆种得太迟了！豌豆种得太迟了！"——因为当别人都已经开始锄草时，我还继续在种豆子——我这个非地道的农民却从未怀疑过这些。"我的孩子，这些玉米都是作饲料用的；是饲料玉米。""他住在那里吗？"一个身穿灰色上衣头戴黑色帽子的人问道，然后一个面容严肃的农民在看到我的犁沟里没有肥料之后，便勒住他那匹听话的驽马，停下来问我在干什么，并且建议我在犁沟里撒些细末垃圾，或其他任何废料，或一些草灰和石灰。但是这里有两英亩半的田地，一把被当作马车用且需要两只手来拉的锄头——我比较讨厌使用其他的马车和马匹——而细末垃圾又在离田地很远的地方。那些结伴同行的旅行者会在喋喋不休的高声谈论中将我的田地与他们一路经过的田地进行比较，如此我便可以知道我在这个农业世界里所处的位置。这是一块没有被列入科尔曼（Coleman）先生报告里的田地。另外，顺便说一下，在那些尚未被人们开垦过的荒凉贫瘠的土地上，由大自然生产出的粮食，又有谁会去估量它的价值呢？而英国干草的产量是被仔细称量过的，其里面的水分含量、硅酸盐含量和碳酸钾含量也都是仔细经过测算的；在所有的小山谷、林中洼地、牧场和沼泽地里都生长着各种繁茂的农作物，只是未被人们收割罢了。而我的田地则介于荒地与耕地两者之间；就像有些国家是文明开化的，有些是半文明开化的，而有些则是野蛮未开化的，因此我的田地就属于是半开化的田地，尽管这里并未有什么不好的含义。我种植的那些豆子欢快地回归到它们野生的原始状态，我的锄头则为它们唱响了牧歌。

啊，这无用的和平的喧嚣声

啊，这无用的和平的喧嚣声，
徒劳地唤醒卑微的小镇，

勇士们并非是如此才赢得
一个爱国者的美名。

溪流边有一片田地，
从未被人们涉足，
但它却依然在我的梦里，
长出无比繁茂的庄稼。

让我相信这珍贵的梦，
那天的心脏剧烈跳动，
在这一小块殖民地上空，
在遥远的大不列颠。

某位古代模式的英雄，
某支勇猛高洁的军队，
拥有无穷的力量和忠贞的信念，
让这片土地无上荣光。
他跟随自己的心意去寻求奖赏，
并不要求卸下重担，
他与生俱来的自由勇敢，
不会随意被和平的前景收买。

人们坚守在远处的高地，

那已是很久之前的事情；
如今已不再是原先的那双手，
指挥战斗、竖立纪念碑。

那时你们是一座座希腊城，
是现代重生的罗马人。
在那里新英格兰农民
显示出罗马人的崇高品性。

我徒劳地搜寻着异乡，
只发现我们的邦克山（Bunker Hill）[①]，
还有莱克星顿（Lexington）和康科德，
周围却没有拉科尼亚河（Laconian Rill）。

贝克农场（Baker Farm）

有时我会漫步到松树林中，矗立的松林像是一座座耸立的庙宇，又像是海上一排排装备齐全的舰队，树枝在风中起伏摇摆，使得照射到松林中的阳光也跟着晃动，如此柔美、苍翠

---

① 邦克山，美国马萨诸塞州波士顿的一座山，美国独立战争邦克山战役在此附近打响。

而又荫翳，就算是德鲁伊特人（Druids）[①]也会放弃他们的橡树林跑到这边的松树林里做礼拜；或者跑到弗林特湖（Flint's Pond）外的雪松林里去，那边的树上坠满了淡蓝色的浆果，一棵棵高耸入云霄，特别适合生长在瓦尔哈拉殿堂（Valhalla）[②]前，而林中蔓生的杜松以其坠满果实的花枝覆盖着大地；又或者跑到沼泽地里去，那边从黑云杉上垂下来的松萝地衣宛如一条条花饰彩带，遍地都是沼泽之神的圆桌——伞菌，而树桩周围长满了更加美丽的真菌，宛如被蝴蝶和贝壳环绕，林中的各种植物都闪烁着光亮；此外，沼泽地里还生长着沼泽石竹和山茱萸，红色的接骨木莓好像鬼怪的眼睛般在闪亮，蜡蜂扇动翅膀时，即便是最坚硬的树木也能被它弄出一道凹槽，野生的冬青果以其迷人魅力让观者流连忘返，更有一些其他不知名的野生禁果让他目眩神迷、心驰神往，对于凡人来说，它们就宛若人间仙品。我没有去拜访某位学者，而是多次去参观一些奇特的树木，这类树木在这片地区属于稀有品种，要么是长在遥远的牧场中央，要么是长在丛林或沼泽深处，要么是长在山巅之上；比如黑桦树，我们曾见过一些直径有两英尺的好标本；再比如它的近亲黄桦树，披着宽松的金黄色外衣，散发着黑桦树

---

① 　德鲁伊特人，主要包括爱尔兰、苏格兰和威尔士，这几处的古西欧人叫德鲁伊特人。橡树是他们心中的圣木。德鲁伊特的新年在十一月一日，新年前夜，德鲁伊特人让年轻人集队，戴着各种怪异面具，拎着刻好的萝卜灯（南瓜灯系后期习俗，古西欧最早没有南瓜），他们游走于村落间。

② 　瓦尔哈拉殿堂，北欧神话中死亡之神奥丁款待阵亡将士英灵的殿堂。

一般的香气；还有山毛榉，它有着齐整的树干，有着青苔般鲜艳美丽的颜色，各个部分都完美无瑕，这种树除了一些凌乱散生的标本之外，我知道的尚留在城镇中的就只有一小片长着高大山毛榉的树林，据说这些树是由鸽子种植的，而鸽子是因为受到附近山毛榉坚果的诱惑所以种植了这些树；当你劈开这种木材时，它里面银光闪闪的纹理是很值得一看的；还有椴树、角树、美洲朴①或者外表相似的榆树，这些品种的树我们都只见过一棵生长得比较完好；适宜做桅杆的高大松树，适宜做墙面板的树木；比平常更加完美的铁杉木，都像是矗立在林中的一座座宝塔；我还可以说出很多其他的树。这些都是我冬夏曾经参观过的神殿。

东方天空的低处

在东方天空的低处，
有你闪亮的眼睛；
虽然它优雅的光华
从未抵达我的视野，
但每一颗翻越

---

① 美洲朴，北美洲药用植物，是榆科朴树，属大乔木树种。分布于美国东部和加拿大南部，在美国用作庭院等园林美化，在加拿大西海岸线用作行道树。

远山之上
多节树干的星星，
都传达了你美好的愿望。

请相信我了解你的想法，
西风带来
你最美好的祝愿，
同时也将我的祝愿带给你，
一朵殷勤的云
停留在我头顶上空
一片云中，
此时温柔的话语得以诉说。

请相信画眉歌唱，
花铃鸣响，
药草吐芳，
而野兽明白其中之意，
树木摇晃着以示欢迎，
湖水冲刷着湖岸，
而你自由的思绪，
在我的隐居之地缠绕。

那是个夏日的夜晚，

空气缓缓上升，
而一朵低垂的云
遮住了东方的天空，
闪电无声的光亮，
惊醒了我的睡梦，
宛若你睫毛之下的
一道闪光。

我会努力保持平静，
仿佛你就在我身旁，
无论我选择走哪条路，
都是因你的缘故，
坡度平缓，路面宽阔，
因为你在我身旁，
没有树根，
磕绊你细嫩的双脚。

我会慢慢地走路，
选择最平坦的地方，
小心翼翼地划桨，
避开弯曲的河岸，
稳稳地划着船，
那里睡莲浮动，

红艳的花朵

盛开在绿树丛中。

无论生命有多卑贱

无论你的生命有多卑贱，你都要去面对它，去勇敢地生活；不要去躲避它，更不要对它恶语相向。它并没有你那么糟糕。在你最富有的时候，倒是看似最贫穷。吹毛求疵之人即便是在天堂也能挑出错误。热爱你的生活，尽管它很贫穷。即使是在济贫院，你也可能会拥有愉快的、令人兴奋的、光荣的时刻。映射在济贫院窗户上的落日余晖，跟映射在富户人家窗上一样灿烂；门前的积雪已在早春便开始消融。一个拥有平静心态的人，就算是生活在济贫院，也可以像生活在皇宫中一样感到快乐和满足。在我看来，城镇中的穷人往往是所有人中生活最独立的。或许只是因为他们足够伟大，伟大到可以毫无顾虑地接受一切。大多数人认为他们不需要政府的救济；可事实上，他们为了生存，时常采用一些虚伪狡诈的手段，这种做法是更应该遭到鄙视的。像圣人般将贫穷当成是花园中的花草一样用心栽培。不要费尽心力去寻求新事物，不管是衣服还是朋友。去寻找旧事物，回到他们那里去。万物是不变的，改变的只有我们。可以卖掉你的衣服，但要保留你的思想。上帝会明白你并不想要社交。如果我像一只蜘蛛一样整天被困在阁楼的一角，只要我还能思考，世界对我来说就依旧很大。有位哲人曾说："三军可夺帅也，匹夫不可夺志也。"①不要急于求发展，不要让自己受太多外界因素的影响；这些都将消散。卑微如同黑暗般闪烁着极美的光。贫穷和卑微的阴影笼罩着我们，但你看！创造开阔了我们的视野。我们时常被提醒，即便我们拥有了像克罗伊斯国王②那样多的财富，我们的人生目标和生活方式却依旧不会改变。况且，假如你受困于贫穷，假如你连书籍和报纸都买不起，那你也不过是被困在最有意义也最关键的与生命息息相关的经验之内而已；你被迫与那些能够产生最多糖和淀粉的物质材料打交道。生活越是贫穷，便越甜蜜。你不会再去做那些无聊的事情了。上流社会人的慷慨大度，不会使底层的人有任何损失。多余的财富只能买多余的东西。而人类灵魂的必需品是不需要花钱来买的。

---

① 引文出自孔子的《论语·子罕》，意思是：军队的首领可以被改变，但是男子汉（有志气的人）的志向是不能被改变的。
② 小亚细亚西部古国吕底亚国的最后一位国王，以财富甚多闻名。

简朴的生活

我亲手建造的房子

当我撰写下面的这些篇章，或者确切地说是大部分文字的时候，我正独自住在距离任何邻居都有一英里之远的森林中，住在一所我自己亲手建造的房子里，房子位于马萨诸塞州康科德镇的瓦尔登湖岸上，全靠双手的劳作来维持生活。我在那里生活了两年零两个月。现在，我又成了文明生活中的一个寄居者。

要不是镇上的人对我的生活方式特别关注，不停地向我询问，我本不应该将自己的生活经历强加给读者以引起他们的注意。有人说我这种生活方式荒诞怪僻，而且不可行；但我却不这样认为。况且，考虑到当时的情况，我反倒认为那是非常自然与可行的。有人曾问过我以什么为食；是否感到孤独寂寞；是否会害怕，诸如此类的事情。另一些人出于好奇，想知道我将自己收入的多少捐给了慈善事业。而那些拥有一大家子需要供养的人想知道我究竟收养了多少个穷孩子。因此，如果我在这本书中对上述这些问题进行回答，务必请那些对我不是特别感兴趣的读者多多谅解。在大部分书中，第一人称"我"常被省去，而本书却加以保留；就自我意识而言，这一点就是本书与其他书之间最大的差别。我们通常很容易忽略掉一个事实：发言的归根到底总是第一人称。要是我能如同了解自己一般了解另外一个人，那我就不会如此喋喋不休地谈论自己了。遗憾的是，由于阅历的浅薄，我只能囿于这个主题。除此之外，就我自己而言，我要求每个作家或早或晚都能对自己的人生做一番简洁忠实的描述，而不仅仅描述他所听来的别人的人生；这种描述好像是他从遥远的地方写给自己的亲友看的；因为要是一个人生活得很真诚，那他一定生活在离我很遥远的地方。或许这些文字更适于穷学生来阅读。至于其他的读者，他们会选择接受那些适用于他们的部分。我相信没有人会在穿衣服时把缝线撕开，因为衣服只要合身，穿起来才会舒服。

　　我看到一些年轻人，我的同乡，他们的不幸在于不得不去继承农场、房屋、粮仓、牲畜和各种农具；因为获得这些东西比丢弃它们要容易得多。如果他们出生在空旷的牧场上，又由狼哺育长大，那就会好一点，因为这样他们就能更清楚地认识到自己得在怎样的土地上劳作。是谁将他们变成了土地的奴隶？当其他人注定只能靠弹丸之地维生时，为何他们可以靠六十英亩的土地吃饭呢？为何他们从出生的那一刻便开始自掘坟墓呢？他们必须过着凡人的生活，推着摆在他们眼前的所有这些东西往前走，并尽他们所能将生活过得更好。我已见过无数可怜而不朽的灵魂，几乎被生活的重担压垮，压得喘不过气来，却依旧在生活的道路上匍匐前进，前面还推着一个长七十英尺、宽四十英尺的粮仓，一个从未清扫过的奥吉亚斯牛舍（Augean Stable）①，还有一百英亩的土地、耕地、草地、牧地和林地！那些没有承继产业的人，虽无须与这类不必要的承继下来的累赘做斗争，也发现要让这数立方英尺的血肉之躯得以生存和成长，还需要付出很大的努力。

　　但是，人们劳动的出发点是错误的。人的大半截身体很快就会被犁进泥土中，然后化成肥料。正如某本古书中所说的那样，人们由于受到一种似是而非的通常还被称作"必然"的命运的支配，会把金银财宝贮藏起来，随后蛀虫和铁锈会将它们腐蚀，而盗贼也会闯入偷窃。这便是愚蠢之人的一生，就算生前他们无法明白，那么在生命的最后时刻他们终究也会恍然大悟。据说，杜卡里翁（Deucalion）和皮拉（Pyrrha）②是将石头从肩头扔到身后从而创造了人类：——

----

① 在古希腊神话中，奥吉亚斯王有三千头牛，牛圈三十年未打扫，赫拉克勒斯引阿尔甫斯河水，一天就把它冲洗干净了。
② 杜卡里翁，希腊神话中普罗米修斯和克吕墨涅之子，皮拉是其妻子，宙斯因被佩拉斯吉人激怒，用大洪水终结了青铜时代。杜卡里翁和皮拉是仅有的两位幸存者，他们听从女神忒弥斯的指示，通过从肩头向身后扔石头的方式来造人，杜卡里翁抛出的石头变成了男人，皮拉抛出的石头变成了女人。

人从此变成坚硬的物种，历尽艰辛，

给我们证明了我们的来历。①

或者，像罗利（Raleigh）②用他响亮的方式写就的诗

行：——

自此以后人心变得坚硬冷酷，任劳任怨，

以此证明我们的身体本是铁石。

真是太盲目地遵从错误的神谕，就那样把一块块石头从头

顶扔向身后，甚至不去看看它们会掉落在何处。

远去！远去！远去！远去！

远去！远去！远去！远去！

你没有严守你的秘密，

总有一天我将居住在

你所说的其他土地上。

---

① 引文出自古罗马诗人奥维德（Publius Ovidius Naso，公元前 43—公元前 17 年）
所著的长篇史诗《变形记》（*The Metamorphoses*）。

② 罗利（约 1552—1618 年），即沃尔特・罗利爵士（Sir Walter Raleigh），英格兰
探险家、政治家、作家，组织数次航海探险，并在美洲拓展殖民地，将烟草和
马铃薯引进英国。代表作有《世界历史》（*The History of the World*）。

时间是否没有留下空暇，
给你排练的这些戏剧？
永恒难道不是一份租约，
为了比诗歌更好的功绩？

听到英雄人物死去，
获知他们仍然活着，会让人欣喜。
但如果我们能继承英雄的事业，
让他们活在我们心中，会更让人欣慰。

我们的人生应以滔滔不绝的波浪
供养名誉的源泉，
就像海洋哺育涓涓泉水，
并最终成为它们的墓穴。

你苍穹轻轻罩住我的胸膛，
成为我的蓝色盔甲，
你大地接纳我停歇的长矛，
你是我忠实的战马。

你们群星是我在天空中的矛头，
是我的一枚枚箭镞；

我看见溃败的敌人飞快逃跑，
却被我闪亮的长矛定住。

给我一个天使作敌人，
此刻便确定时间和地点，
然后我会径直去迎战他，
在星空的钟声之上。

伴随着我们圆盾相撞发出的铿锵声，
天上的矛头将发出鸣响，
而耀眼的北极光也将高悬
在我们的战场周围。

如果天堂失去了她真正的勇士，
请告诉她不要绝望，
因为我将成为她新的勇士，
将她的名声恢复。

住所

　　说到住所，我并不否认如今它已成为我们生活的必需品，尽管有很多例子可以证明，在很长一段时间内，即便没有住所，人们也在比这个地方还寒冷的国家里正常生活。塞缪尔·莱恩（Samuel Laing）①说："拉普兰人（Laplander）身穿皮衣，头上和肩上套着皮袋，夜夜在雪地里睡觉……而雪地的寒冷程度足以让一个穿着毛衣的人丧命。"他曾见到他们这样睡着过。不过他又接着补充说："他们并不比其他人更强壮耐寒。"②但或许人们在地球上生活了很长时间之后才发现住在房屋里的方便，才发现家庭的舒适温馨，这个词语最初的意思可能是居有其所的满足，而不是合家欢聚的满意；在那些房屋主要与冬季或雨季相联系的气候区，一年有三分之二的时间，房屋是无用的，一把遮阳伞就足够了，在这样的气候区内，房屋令人满意这种说法就非常片面和偶然。在印第安人的记载里面，一个简易的棚屋就是一天行程的标志，树皮上刻着或画着多少个棚屋，就表示他们已经在路上走了多少天。人类生来没有巨大而强健的四肢，因此他必须设法缩小自己的世界，用墙壁围出适合于他自己的一个空间。人类最初是赤身裸体地生活在户外的；尽管在温暖晴朗的天气里或者白天里，这种情况很愉悦舒适；但是一到冬季或雨季，更不要提炎炎烈日，如果人类不赶快给自己建个房屋做栖身之所，那么人类这个族群极可能会被扼杀在萌芽中。根据神话传说，亚当和夏娃在穿衣服之

---

① 塞缪尔·莱恩（1780—1868 年），苏格兰旅行家、游记作家，出版过关于斯堪的纳维亚地区的游记。

② 引文出自萨缪尔·拉因 1836 年在伦敦出版的著作《挪威寄居录》（*Journal of a Residence in Norway*）。

前都是用树叶来遮寒蔽体的。人类需要有个家，一个温暖或舒适的地方，首先是身体的温暖，然后是情感的温暖。

我们可以想象有这样一个时代，人类正处于摇篮时期，一些富于进取心的人爬进岩洞去寻求庇护。在某种程度上，每一个孩子都重新开始了自己的生命之旅，他们喜欢待在户外，即使外面又湿又冷。小孩子出于本能玩着过家家、骑竹马的游戏。谁会忘记年幼时兴致勃勃地观看倾斜的岩石或任何通往洞穴的道路时的场景？这是最自然的那份渴望，那份我们原始祖先所拥有的至今仍然留存在我们身上的渴望。我们的住所从最初的洞穴发展到用棕榈树叶、树皮树枝、编织的亚麻、草皮和稻草、木板和木瓦、石头和砖瓦做屋顶的房屋。到最后，我们已不知道在露天里生活是什么样了，而我们的生活比我们所想的更加家庭化。从壁炉到原野，那是很遥远的距离。

内心的清晨

装满我头脑的
是大自然穿在外面的衣服，
它的款式每时每刻都在变换，
并于变换中将万物修复。

我徒劳地寻找着外面的变化，

无法发现任何的差异，
直到崭新的和平之光不期而至，
照亮我内心深处。

是什么将树木和云彩染成金色，
将天空涂抹得如此明快，
难道是那永恒的、
经久不变的光线？

看，当阳光穿过森林，
照耀着冬季的清晨，
它无声的光束侵入到哪里，
阴沉的黑夜就从哪里消失。

坚韧的松树怎能知道
清晨的微风将要来临，
卑微的花儿又怎能预料
昆虫将在中午低吟——

直到那崭新的光亮伴随着清晨的欢呼
从远处狭长的通道穿过来，
巧妙地告诉林中的树木
森林绵延了多少英里？

我已在灵魂最深处听到过

这般喜悦的清晨消息，

在头脑的地平线上

看到过这东方的色彩。

在黎明的曙光中，

早起鸟儿的鸣叫声

回荡在寂静的树林里，

细细的树枝也被它们折断。

或在太阳升起之前，

当东方的天空隐约可见，

夏季炎热的预兆，

由它从遥远的地方带来。

我的家具

我的家具包括一张床、一张饭桌、一张书桌、三把椅子、一面直径三英尺的穿衣镜、一把火钳和柴架、一个水壶、一个长柄平底锅、一个煎锅、一把长柄勺、一个洗脸盆、两副刀叉、三个盘子、一个杯子、一只勺子、一桶油、一瓶糖浆，还有一个黑漆台灯，这其中有一些是我自己做的，剩下的也没花多少钱，所以我也就没有记账。这世上没有人穷到非得守住一个南瓜不可。那是得过且过的无能表现。在乡下的阁楼里还有很多这样我十分喜欢的椅子等着被拿走。家具啊！谢天谢地，就算没有家具店的帮忙，我也可以想坐就坐、想站就站。除了哲学家以外，还有谁在看到自己的家具被打包装上运货车，然后在光天化日、众目睽睽之下被运出乡村，而且一看就知道是些里面没什么东西的空箱子时，不会感到羞愧难当呢？那是斯波尔丁的家具。单从这一车家具来看，我始终无法判断它究竟是属于所谓的富人还是穷人；而家具的主人似乎总是穷困潦倒。确实，你拥有的这类东西越多，你也就越穷。每一车装载的东西看起来似乎包含了十二间棚屋里的家具；如果说一间棚屋意味着贫穷，那么这一车的东西则是十二倍的贫穷。请告诉我，我们为何总是搬家，而不是扔掉我们的家具——我们的空壳残骸？我们最终为何不能从这个世界搬到另一个布置了新家具的世界，然后一把火把旧的全部烧掉呢？这种情况就好像将所有的行李物品都被绑到一个人的腰带上，而如果不拖动这些行李物品，他就无法越过这个崎岖不平的乡村。那只将尾巴留在陷阱里的狐狸是幸运的。麝鼠为了逃生也会把自己的第三条腿给咬断。难怪人类早已失去了他的灵活性。他经常处于绝境之中！"先生，容我斗胆问一句，你所说的绝境指的是什么？"如果你是一个先知，无论何时，无论碰见谁，你都能知道他拥有哪些东西，假装那些东西不是自己的，也能知道他保留下来不愿烧掉的厨房用具和所有中看不中用的东西有哪些，他仿佛是个被套在家具上的人，拼尽全力拖着它们前行。当一个人从木板的缝隙或大门穿过，而他那一车沉重的家具却无法通过时，我想这个人便处于绝境之中。当我听到一个英俊潇洒、强健壮实、看上去优哉游哉、腰带紧束、一切都准备妥当的人，在谈论他的"家具"是否上了保险时，我不禁同情起他来。但是，我要如何处理我的那些家具呢？——我美丽的蝴蝶被缠在了蜘蛛网中。甚至那些长时间以来好像没有什么家具的人，如果你仔细追问，你会发现一些被他们寄存在别人仓库中的家具。我看如今的英国就像是一个带着一大堆行李旅行的老绅士，而这堆中看不中用的东西都是他在长时间的持家过活中累积下来的，都是他没有勇气烧掉的；大箱子、小箱子、硬纸箱还有包裹。至少把前三样扔掉吧！如今，一个健康的人就算是背着他的褥子走路也是心有余而力不足，因此我强烈建议那些生病的人放下褥子然后赶紧跑吧。当我碰到一个背着所有家当踉踉跄跄往前走的移民——看起来就像是脖子后面长出了一个巨大的粉瘤——我便觉得他很可怜，倒不是因为那是他所有的家当，而是因为他把所有的家当都背在了身上。如果我必须要拖着我的行李，我会小心不让它太重，不让它扼住我的关键部位。但或许最明智的做法就是不要带任何的家具。

顺便提一下，我不需要花钱买窗帘，因为除了太阳和月亮之外，我不需要遮挡路人注视的目光，我反倒愿意他们往里面看。月亮不会让我的牛奶变酸，也不会让我的肉变质，同样地，太阳不会把我的家具晒坏，也不会让我的地毯褪色；就算他有时会过于热情，但我仍然觉得躲在大自然提供的天然帘幕后面比在家添加一个窗帘更节约。有位夫人曾想要给我一个垫子，但是因为屋子里没有多余的空间，而我也没有多余的时间在屋内或屋外把它抖干净，所以我谢绝了她的好意，我更愿意在门前的草地上把自己的鞋底擦干净。最好能在罪恶开始时就避开它。

前不久我出席了一个教会执事的财物拍卖会，因为这位执事的一生并不是碌碌无为的：

"人作的恶，死后仍流传。"①

和往常一样，他的大部分财物是中看不中用的，而且都是他父辈积累下来的。剩下的财物中有一条干瘪的绦虫。如今，这些东西在他的阁楼和其他布满灰尘的地方堆放了半个世纪之后，仍然没有被烧掉；非但没有被烧掉或者净化处理掉，反而被拿出来拍卖，增加它们的寿命。周围的人热切地聚到一起观看这些家具，然后把它们全都买下，小心翼翼地运送到他们的阁楼和布满灰尘的房间；在他们的家产清算明白之前这些东西就一直被堆放在那里，之后便又重新开始被运往下一个地方。人死万事方休。

---

① 引文出自威廉·莎士比亚（William Shakespeare，1564—1616 年）的剧作《恺撒大帝》第三幕第二场。

有些野蛮民族的风俗习惯或许是很值得我们效仿的，因为他们每年会像蛇蜕皮一样至少有一次类似的摒弃恶习偏见的经历；他们对此事有自己的想法，不管这些想法最终是否成真。像巴特拉姆（Bartram）①所描绘的摩克拉斯族印第安人（Mucclasse Indians）的那种风俗，如果我们也有诸如"巴斯克节"或者"水果丰收节"这样的活动，是不是会很好？他说："当整个城镇都在庆祝盛典时，人们早早就给自己准备好了新衣服、新罐子、新锅，还有一些其他的新器具和新家具；之后，他们把所有破旧的衣服鞋子和其他一些无用的东西收集起来；把屋子、广场和整个城镇都打扫清洗一遍，然后把收集起来的垃圾、旧衣物连同剩余的陈旧谷物和其他的陈年存粮堆成一堆，点一把火将它们全部烧掉。在服药、斋戒三天之后，整个城镇的火都被熄灭。而在斋戒期间，他们禁绝一切欲念与激情的满足。等到大赦令宣告之后，所有的罪人就都可以返回到城镇，重新开始生活。"

"第四天早上，大祭司在广场上通过摩擦木头，生起新的火焰。城镇里的所有居民便从这里取得新的、纯洁的火焰。"

然后他们会尽情享用新的谷物和水果，载歌载舞，欢庆三天，"在接下来的四天里，他们会接待外来访客，和邻镇来的朋友们共享喜悦，这些朋友也都以同样的方式净化自己"。

---

① 巴特拉姆（1699—1777 年），美国植物学家和探险家，被誉为"美国植物学之父"。

　　墨西哥人也会每五十二年举行一次类似的净化仪式，他们相信旧世界是时候该结束了。

　　我没有听到过比这个更真诚的圣礼了，就像字典里给出的定义："它是内心优美化的外部可见仪式"；我毫不怀疑他们这样做是受到了天意的启示与鼓舞，尽管他们没有一部记录此启示的《圣经》。

我为何而活

房屋的选址

在生命的某个特定时刻，我们会习惯于把每个地点都当成可以安家落户的处所。为此，我已经把我居住地周围十多英里的区域统统勘查了一遍。我幻想自己已经先后买下了所有的农场，因为这些农场迟早是要买的，而且我已经熟知它们的售价。慢慢走过每一个农民的田地，尝尝他的野生苹果，跟他谈谈农业和畜牧业，按他开的价钱买下他的农场，心里却想着把刚买的农场又抵押给他；我甚至愿意出更高的价钱买下他的农场——除了一纸契约，农场的一切都属于我——我们口说为凭，口头立下契约，因为我这个人非常喜欢闲谈——我耕作了这片土地，而且我相信在一定程度上我也耕作了他的心田，等到我尝够了乐趣之后，我就撒手不管，留他继续在这片土地上耕作。这段经历使我被朋友称作名副其实的房地产经纪人。其实我无论在哪里都是可以活下去的，而且我所居住的地方也会因我而大放光彩。住所是什么，不就是一个座位吗？——如果这个座位是在乡村，那就更好了。我发现许多可以安家的地点在短时间内都不大可能增值，因为有些人会觉得它离村镇太远了，但我却觉得是村镇离它太远了。我总说，嗯，不错，我可能要在那里住下，然后我就真的在那里住下，住一个小时、一整个夏天或一整个冬天；看着时光飞逝，熬过了冬天，便迎来了春天。以后这个地区的居民，不管他们把房屋建在何处，都可以确定已有人先于他们在那里居住。一下午的时间足够把一片土地规划成果园、林地或牧场；决定好门前应该留下哪些橡树或松树，确保每一棵被砍伐的树不被白白浪费；然后，我就放手不管，任其休耕；因为一个人的富裕程度取决于他能够放下多少。

直到最后北风吹起

直到最后北风吹起，
带来中到大的冰雪，
由健壮的雁族来殿后，
将阴冷的年月抛在身后。

霍洛韦尔农场

我时常看到，一个诗人在欣赏完农场里最珍贵美丽的风景之后便离去，而那粗俗的农夫则认为他只不过是摘了几个野果子而已。为何农场主在很多年之后依旧不知道自己的农场已被诗人写成了诗，而这些诗就像是一道绝妙的无形篱笆；诗人将农场围起来，挤走它的奶汁，脱去它的奶脂，得到全部的奶油，只把脱脂的牛奶留给农场主。

对于我来说，霍洛韦尔农场真正的迷人之处在于：它完全远离尘世喧嚣，距村庄大约有两英里之遥，距最近的邻居也有半英里的距离，而且还被一片开阔的田地将其与高速公路远远隔开；农场的边界线在河岸上，据农场主所言，河上升起的薄雾可以使农场在春季里免遭霜冻的侵害，尽管这对于我来说没有任何的意义；灰暗破败的房屋和粮仓、坍塌的篱笆，都让我和上一个居住者之间有了隔阂；被野兔啃空了的、布满青苔的苹果树显示了我将有什么样的邻居；但最主要的是那些我早些年沿河旅行时对于农场的记忆，当时房屋被掩映在茂密的红枫林后面，从枫林中传来了狗吠声。因为我急着要买下这个农场，所以等不及农场主把碎石清理完，把空心的苹果树砍掉，把牧场里如雨后春笋般新长出的白桦树幼苗连根拔除掉，或者，简单点说就是等不及他做出任何的改善措施，我便把农场买了下来。为了享受这些好处，我很乐意把这件事情继续下去；就像阿特拉斯（Atlas）①一样将世界扛在我的肩上——我从未听说他为此而得到过什么补偿——我做所有这些事没有任何其他的动机或借口，除了我必须要花钱买下它和买下它之后能安安稳稳不受烦扰之外；因为我始终认为，假如我能够负担得起让它闲置着，那它就能产出我所需要的丰盛的庄稼。而后来的结果也证明了我所说过的话。

关于大规模从事农业经营活动——至今我一直在培育一个园林——我所能说的只有：我已经准备好了种子。许多人认为年代越久的种子越好。我从未怀疑过时间可以区分出好坏；等到最后要开始种植时，我可能就不会太失望。但我想最后一次对我的同伴们说：尽可能自由自在、无拘无束地生活。不管你是被农场束缚住，还是被县衙监牢束缚住，这两者都没有太大的差别。

老加图（Old Cato）②所写的《农书志》是我的"启蒙读物"，他在书中说过这样一句话——可惜我读到的唯一一个译本将这句话翻译得一塌糊涂——"当你想要买下一个农场的时候，你要把它放在心上，但不要因贪心而去占有它；也不要为了省事不去提前参观一下农场，也不要认为只去那边转一圈就够了。假如那片农场确实很好，那么你去的次数越多就会越喜

---

① 阿特拉斯，希腊神话中以肩顶天的提坦巨神之一，因参与提坦神反对奥林波斯诸神而被罚用双肩支撑苍天。

② 老加图（公元前 234—公园前 149 年），是罗马共和国时期的政治家、国务活动家、演说家，罗马历史上第一个重要的拉丁语散文作家。著有《创始记》《农书志》。

欢它。" 我想我不会因贪心而去购买它，但只要我活着，我就
会经常去那里参观，死后也要最先葬在那里，因为我对它的喜
欢是无以复加的。

❁

一位信仰坚定的古圣人

一位信仰坚定的古圣人，
远离白昼与黑夜的侵扰，
不受指责谩骂的异教徒，
就这样闯入了文明时代，
自他诞生之日起，
便已踏过了地球的边缘。

❁

门前的风景

虽然我门前看到的风景仍旧比较狭小，但我却丝毫没有
感觉到拥挤或受限。因为那里有一大片足够我想象力驰骋的草
地。长满低矮橡木丛的高原与对面凸起的河岸连成一片，一
直向西部大草原和鞑靼平原延伸开去，为所有的流浪人家提
供充足的活动空间。当羊群需要更新更大的草原时，达摩达拉

（Damodara）^①说过："唯有能够自由自在感受天地之大时，人们才会幸福快乐。"

　　时间和地点都已变换，而我也曾在宇宙中的那些地方和历史上令我神往的那些年代里居住过。我居住的地方遥远得如同天文学家每晚观测到的许多天体所处的位置一般。我们习惯于想象在遥远的宇宙一角，在仙后座（Cassiopeia's Chair）^②的背后，有一些远离人世喧嚣和纷扰、美到令人心醉的地方。我发现我的房子就正好处在宇宙中这样一块遥远却永远新如故、永远不会被污染的地方。如果住在离昴宿星团（Pleiades）^③或毕宿星团（Hyades）^④，毕宿五（Aldebaran）^⑤或牵牛星（Altair）^⑥更近的地方是值得的话，那我的确是住在那里，与那个被我抛却在身后的人世间一样遥远，一束柔美的光线在向着离我最近的邻居不断闪耀变小，而那个邻居却只能在漆黑无月的夜晚看到它。这便是我在宇宙中曾住过的地方——

---

① 达摩达拉，印度神话中的大神奎师那的别称。
② 仙后座，因希腊神话中的埃塞俄比亚皇后卡西欧佩亚（Cassiopeia）而得名，距离地球大约二百三十光年。
③ 昴宿星团，是离我们最近也是最亮的几个疏散星团之一，也是最有名的星团之一。位于金牛座，在晴朗的夜空单用肉眼就可以看到它，肉眼通常见到有六颗亮星。距离我们约四百光年。
④ 毕宿星团，是一个疏散星团，位于金牛座，地球夜空中最著名的星团之一，距离我们约一百五十光年。
⑤ 毕宿五，即金牛座 α，Aldebaran，意为"追随者"，因为它紧随昴宿星团之后升起，其距离地球约六十八光年。
⑥ 牵牛星，即中国神话传说中的牛郎星，属于天鹰座，距离地球约十六光年。

有个牧羊人曾在那里住过，

他的思想如高山般巍峨，

山顶上他的羊群，

在时刻喂养着他。①

高高的榆树枝上

高高的榆树，绿荫如盖的树枝上，

绿鹃悦耳的鸣叫声演奏出甜美的变化，

在平凡琐碎的炎炎夏日，

奋力将我们的思绪带离地面。

简单

　　如果牧羊人的羊群总是要到比他的思想还要高的牧场上去游荡，那么他的生活会变成什么样呢？每一个清晨都是一个令人愉悦的邀请函，让我的生活变得如大自然般简单，或者说如大自然般纯净。同希腊人一样，我一直都是曙光女神

---

① 　引文出自英国书商托马斯·伊凡斯（Thomas Evans，1742—1784 年）选编的《老歌集锦》（*old Ballads*）。

奥罗拉（Aurora）[1]最忠实的崇拜者。我每天早早起来，然后在湖中沐浴；这算是一种宗教仪式，也是我做过的最棒的事情之一。据说在成汤王（King Tching）[2]的洗澡盆上刻有大致如下的文字："苟日新，日日新，又日新。"[3]我能明白其中的道理。清晨带回了英雄时代（Heroic ages）[4]。一大清早，我打开门窗，安静地坐着，一只看不见的蚊子在我的屋子里飞来飞去，它所发出的微弱嗡嗡声对于我的影响丝毫不亚于那些赞颂英雄美名的号角声。那是荷马的安魂曲；那蚊子本身就是空中的《奥德赛》和《伊利亚特》，唱出了它自己的愤怒与飘零。它有一种宇宙的广阔无垠之感；而在被禁止之前，都一直在宣传着世上永存的活力与生生不息。清晨，是一天中最难忘的时光，也是觉醒的时刻。此时我们睡意全无；然后至少有一个小时，我们身体中一整天都处于沉睡状态的某个部分会苏醒过来。假如某一个白天，我们不是被自己天生的灵性唤醒，而是被家中仆人机械般地摇醒；不是被我们自己内心新获得的力量和渴望，不是被空中回荡

---

① 奥罗拉，罗马神话中的曙光女神，相当于希腊神话中的厄俄斯。

② 成汤，亦称商汤，是中国古代商朝的创建者，约公元前1670年至公元前1587年在位。

③ 引文出自《礼记・大学》："汤之盘铭曰：'苟日新，日日新，又日新。'"意思是如果能每天更新，就天天更新，每天不间断地更新。

④ 英雄时代：古希腊诗人赫西俄德（Hesiod）在其史诗《工作与时日》中将人类的历史分为五个时代，即黄金时代、白银时代、青铜时代、英雄时代和黑铁时代。英雄时代始于希腊人抵达色萨利，止于特洛伊战争。

的天籁之声和空气中弥漫的芳香所唤醒，而是被工厂的铃声吵醒；并且在从睡眠中清醒过来之后没有到达一个更高的生活境界，那么这个白天，如果还能被称之为白天的话，还有什么值得期待的呢！就这样，黑夜产生了好的效果，证明了它并不比白昼差。一个人如果不相信每一天都包含着一个比他未亵渎过的时刻更早、更神圣的曙光时刻，那么他已对生活产生了绝望之感，且正在向黑暗与堕落靠近。在世俗的生活短暂地停顿之后，一个人的心灵，或者更确切点说，是心灵的器官会每天被重新注入活力，而他自身的禀赋会再度尝试，看它自己究竟能创造出怎样崇高的生活。可以这样说，一切令人难以忘怀的事情都发生在清晨的时间里和清晨美好的氛围中。《吠陀经》（Vedas）①里说："一切智慧俱醒于黎明之中。"诗歌和艺术，以及人类活动中最美好最值得记忆的事情都始于黎明这个时刻。所有的诗人和英雄，正如门农（Memnon）一样，都是曙光女神奥罗拉之子，在日出之时弹奏出美丽的乐曲。对于那些思维灵敏活跃、与朝阳同步的人来说，白天的每一个时候都宛如清晨。它不在乎时钟的鸣响，也不在乎人们的态度与他所从事的劳动。只要我清醒

---

① 《吠陀经》：是婆罗门教和现代印度教最重要和最根本的经典。它是印度最古老的文献材料，主要文体是赞美诗、祈祷文和咒语，是印度人世代口口相传、长年累月结集而成的。"吠陀"的意思是"知识""启示"；广义的"吠陀"文献包括很多性质不同的经典，即吠陀本集、梵书、森林书和奥义书。四部吠陀本集分别是《梨俱吠陀》《耶柔吠陀》《娑摩吠陀》《阿闼婆吠陀》。

着，只要我心中怀有光明，那就是清晨。精神上的变革就是为了力图驱散困意。假如人们不是一直处于沉睡状态，那他们把白昼描述得如此糟糕的原因又是什么呢？他们并不是如此差劲的计算者。如果他们不曾被困意侵扰，那他们一定能有一番作为。数以百万计的人清醒到可以从事体力劳动；而一百万人里只有一个人能清醒到可以从事有效的智力活动，一亿人里只有一个人能清醒到可以过诗意或神圣的生活。醒着即活着。我至今仍未碰到过一个完全清醒的人。如果碰到了，我又如何能面对面直视着他呢？

这不是我的梦想

我从不曾梦想过，
用华美的词句修饰诗行；
最接近上帝和天堂的地方，
莫过于我居住的瓦尔登湖。
我是它铺满碎石的湖岸，
我是那轻轻拂过的微风；
在我空空的手心里，
是它的湖水和沙砾，
而它最神秘幽深的胜地，
高居在我的思想里。

保持清醒

我们必须要学会时刻保持清醒，这不是要靠机械的助力，而是要靠对黎明无限的期望，因为即便在熟睡中黎明也不会抛弃我们。人类毫无疑问拥有通过自觉努力从而提升自己生活的能力，我想没有比这个更鼓舞人心的事实了。能够画出一幅独特的画卷，或雕刻出一尊塑像，从而使得一些东西变得更加美丽，这多少算是一种收获。但如果我们能画出或雕刻出我们借以观看事物本质的那种氛围和媒介，那会是一种更荣光的收获，虽然我们只能在精神上做到这件事。艺术的最高境界就是对时代的本质产生影响。每个人都有责任让他自己的生活，甚至是生活的细节，能与他在最崇高、最重要时刻的期望相匹配。如果我们拒绝，或更准确点说是用尽了我们那小小的一闪即逝的思想，那么神谕会清楚地告诉我们这件事要如何做。

我之所以到森林中去，是因为我想要认真地生活，只面对生活中最基本的事情，看看我是否能学会生活要教给我的东西，而不是等到弥留之际时才发现自己竟从未真正活过。我不希望过着不是生活的生活，因为活着是很珍贵的；我也不希望过着屈从、逃离的生活，除非万不得已。我想要活得坚定与深刻，汲取生活所有的精华，像斯巴达人（Spartan）[1]那样坚毅地清除一切不能称之为生活的东西，麻利地收拾，认真地清理，然后将生活逼到一个小小的角落里，让它只具有最基本的条件。如果它是卑微的，那就去认识它全部的卑微，然后向世人宣告；如果它是高尚的，就用亲身的经历去证实它的高尚，并将它如实地记录在我的下一篇游记中。因为在我看来，大多数人还是无法确知生活究竟是被魔鬼还是被上帝操纵，就草率地得出结论，人类生活最终的目的在于"赞美上帝并永远享受着上帝的赐福"。

如果我们看着它很快便会出现

如果我们看着夜晚进入地球的日记簿中，
它便会很快出现，
而最大的缘由便以此种方式
屹立于天地之间。

我们的生活为何要如此匆忙？

我们为何要如此匆忙地生活，如此浪费着生命呢？我

---

① 斯巴达是古希腊的城邦，其人民以严守纪律、生活朴素著称。

们明明肚子还没饿，却担心自己会被饿死。人们常说，小洞不补，大洞吃苦，也即及时缝补一针顶得上将来缝补九针，因此为了在明天省九针，他们不惜在今天缝上一千针。而这些工作却没有什么意义。我们仿佛患上了舞蹈症（Saint Vitus' Dance）①，一刻都停不下来，甚至都不能让我们的头部保持静止不动。如果我拉几下教区的敲钟绳，让它发出火警的信号，也就是说还没有让钟声长鸣，康科德镇郊外农场里的男人、女人还有小孩，尽管早上的时候还一直抱怨说工作很忙，此刻却都抛下手头的工作，朝着钟声响起的方向跑去，他们主要不是跑去挽救大火中的财产，而更多的是去观火的，既然火已经烧起来了，而且他们都知道这火不是他们引起的，或者他们是跑去看火是如何被扑灭的。如果不费事的话，他们也会帮忙灭火，仅此而已，就算是教区的教堂着了火，他们也是如此。有一个人在午饭后小憩了半小时，醒来的第一件事就是问："刚刚发生了什么？"好像所有的人都在为他站岗。还有些人吩咐别人每半个小时就叫醒他一次，却并没有什么缘由；随后，为了报答人家，便把他们所做的梦讲给人家听。经过一夜的睡眠之后，新闻便如同早餐般成了不可或缺的东西。"我想知道这个世界上每一个地方发生在每一个人身上的每一件事情"——他一边喝着咖啡吃着面

---

① 舞蹈症是一种神经系统的退行性病变,其主要表现为进行性运动异常,如扮鬼脸、伸舌、噘嘴、手足抽搐、肢体扭动、手舞足蹈,行走时呈跳跃步态等。多见于儿童和青少年,尤其五至十五岁女性。

包卷，一边翻阅着报纸，于是他知道了今天早上在瓦奇托河
（Wachito River）①上有一个人被剜去了双眼，可他却从未想
过自己此刻就生活在这个世界深不可测的无尽黑洞中，而他的
眼睛早已不再管用。

对于我来说，即便没有邮局，我也照样可以生活得很好。
我觉得几乎很少有什么重要的消息是需要通过邮局来传递的。
严格来说，我这一生只收到过一两封值得付邮资的信——这些
话还是我几年前就写下的。所谓的便士邮资②，指的就是你通
过邮局很认真地向一个人支付一便士，希望能知道他的想法，
但得到的却总是一些玩笑话。我敢说我还从未在报纸上读到过
什么有价值的新闻。如果我们读到的是某个人被抢了、被杀了
或意外身亡了，或者一幢房子被烧毁了，一架飞机失事了，
一艘汽船爆炸了，一头牛在西部铁路③上被碾死了，一条疯狗
被打死了，又或者冬天里出现了一群蚂蚱——那我们就无须
再读其他的新闻了。这样的新闻一条就足够了。假如你已经
很熟悉这些原则，又何必去关心那数不尽的具体事例及其应
用呢？在哲学家看来，所谓的新闻无非就是些家长里短的闲

---

① 瓦奇托河：美国南部的河流，流经阿肯色州和路易斯安那州。据说当地的印第
安土著人打架时会用大拇指去挖对手的眼珠。
② 便士邮资：1840 年 1 月 10 日，英国邮政总局设立了便士邮寄制度，规定了全
国统一的邮费。重量在一盎司以下的信件邮资只需一便士，并发行了邮政史上
著名的"黑便士"邮票。在 1850 年，美国平邮的邮资是三美分。
③ 西部铁路：指马萨诸塞州西部铁路。1841 年开通，连接波士顿和纽约州的奥尔
巴尼。

言碎语，而这些新闻的编辑和读者都是一些喝着茶的老太婆们。可是，仍有不少人热衷于此类闲言碎语。我听说，前几天为了了解一则最新的国际新闻，一大群人争先恐后地涌到一家报社去，而且还把报社几块巨大的玻璃给挤碎了。我仔细想了一下，这种新闻，稍稍聪明一点的人早在十二个月以前，甚至十二年以前就已经精确无误地写了下来。以西班牙为例，你只需要懂得怎么将唐·卡洛斯（Don Carlos）和那位公主，唐·佩德罗（Don Pedro）、塞维利亚和格拉纳拉等放在合适的报道位置就可以了——我已经很久没看过报纸了，或许现在他们的名字早已不会出现在报纸上了——如果实在没有什么有意思的事可以报道，谈谈斗牛也不错，这个真实的新闻，准确地描述了西班牙的现状及其事物的衰败，就跟报纸上那些同标题般简洁明晰的报道一样。至于英国，1946年的革命^①几乎是那个地区最重要的一个新闻片段；如果你知道英国谷物每年的平均产量，那你就不需要再去关注这类消息了，除非你想用它来投机赚钱；一个人就算不经常看报纸，也能够判断出国外最近没发生什么新的事情，即便是法国大革命也不算是新闻。

新闻有什么！要知道，只有永恒的事情才是最重要的。蘧伯玉（卫大夫）使人于孔子。孔子与之坐而问焉。曰："夫子

---

① 1649年，奥利弗·克伦威尔将查理一世送上断头台，成立了英格兰、苏格兰和爱尔兰联邦，短暂废除了君主制。

何为？"对曰："夫子欲寡其过而未能也。"使者出。子曰："使乎，使乎。"①因为周日是糟糕的一周的适当结束，而不是充满希望的全新一周的开始，所以牧师没有在周日的时候给昏昏欲睡的农民进行冗长烦琐的说教，而是用雷霆般的声音大喊道："停！停下！你们为何表面上看起来很快，实际上却慢得要死呢？"

如今，虚伪与欺诈被奉为最可靠的真理，而真实反倒被视为谎言。如果人们能够一直冷静地观察事实，不让自己受骗，那么与我们所知道的事情比较一下，生活将会变得如童话故事般美好，就像《一千零一夜》那样。如果我们只敬仰生活中那些必然出现和必然存在的事物，那我们在街上就能随处听到音乐和诗歌。当我们变得智慧博学、从容淡定之时，就会明白只有那些伟大而又有价值的东西才会永恒地存在着，而那些微小的恐惧与欢乐只不过是现实投下的暗影罢了。这是件始终令人兴奋与崇敬的事情。闭上眼睛、昏昏欲睡，心甘情愿地受表象的欺骗，人们到处养成并确认了他们的日常生活习惯和生活规律，而这些生活习惯和规律仍然是建立在纯粹的虚幻基础之上的。在嬉戏中无忧无虑的孩子们比成人更善于发现生活中真正的规律与联系，成人无法生活得很有价值，但他们却觉得因为自己经验丰富，所以就比小孩更聪明一些，其实他们也经常失败。我曾在一本印度书中

---

① 引文选自《论语·宪问第十四》。

读到过这样一个故事："有个王子，很小的时候便被逐出了王宫，后来被一个樵夫收养，他就是在这样的环境下长大，从小他就以为自己同与他一起生活的那个野蛮粗俗的种族之人一样，属于低贱的社会阶层。有一天，他父亲的一位大臣发现了他，并向他讲述了他的身世，从而消除了他对于自己身份的错误认识，他知道了自己其实是一位王子。" 那位印度哲人继续写道："灵魂所寄托的环境使它误解了自己的身份，直到有位圣哲将真相透露给它，它才知道自己就是梵天（Brahme）①。" 我觉得我们新英格兰居民之所以生活得如此卑微，是因为我们并没有透过事物的表象去看它的本质。我们常把"好像"当成是"确定"，将表象当成是本质。假如一个人在走过小镇时看到的只是现实，那你认为他看到的"镇中心"又会是什么样的呢？即便他把在那里看到的实际情况都描述给我们，我们也不会知道他所描述的地方就是那里。看着一个会堂、一栋法庭大楼、一座监狱或一个商店、一座房屋，然后当着众人的面说出你所看到的东西是什么样子，而就在你的描述中，它们会变得支离破碎。人们崇尚真理，崇尚那存在于遥远的、体系之外的、最远星球背后、人类诞生以前与人类灭亡之后的真理。在永恒的世界之中的确存在着真理和崇高的事物。但所有这些时间、地点与场景都存在于

---

① 梵天，亦称造书天，婆罗贺摩天，是印度教中的创造之神，与毗湿奴、湿婆并称印度教三大主神。

此刻此地。上帝自己也只有在当下时才最神圣最伟大，而且他不会随着时间的流逝而变得更神圣更伟大。只有永远沐浴和沉浸在周遭的现实中，我们才能领悟什么是圣洁和伟大。世界总是迎合着我们的思想，为我们铺好前进的道路，不管我们是走得快还是走得慢。就让我们用一生的时间去构想设计吧。虽然诗人或艺术家至今仍未有一个美好而宏伟的设计，但他们的子孙或许能完成这个设计。

就让我们像大自然一样，认真从容地过好每一天，不让任何落在铁轨上的坚果壳或蚊子翅膀阻碍我们。让我们早早起床，快速吃顿早餐，保持内心的平静与安宁，不惶惑不烦乱，不去管来来往往的人潮，不去理会钟鸣声和孩子的哭声，——下定决心从容地过好每一天。我们为何要屈从，为何要随波逐流呢？不要让午餐那可怕的激流和旋涡将我们推翻与淹没。渡过这次难关，你就安全了，因为往后的路会轻松很多。不要让自己松懈下来，带着清晨的活力，向着另一个方向航行，像尤利西斯（Ulysses）①那样，把自己绑在桅杆上。如果汽笛鸣叫了，那就让它鸣叫去吧，直到它叫得声音嘶哑。如果钟声响起，那就让它响吧，我们为何要跑呢？我们还要去想它们的声音究竟是像何种乐曲呢！让我们静下心来，认真做事，奋力踩踏脚下那由成见、偏见、传统、错觉以及表象搅

---

① 尤利西斯（即奥德修斯）是荷马的《奥德赛》里的英雄人物，他曾将自己绑在桅杆上，以便抵抗海妖魅惑的歌声。

成的烂泥，穿过那覆盖地球的沙洲，那穿过了巴黎、纽约、波士顿和康科德，穿过了教堂和国家，穿过了诗歌、哲学和宗教的沙洲，直到最后到达一块可称之为现实的坚硬的岩层上，此时我们就可以说：没错，就是这里了。然后，因为有了这个据点，你便可以在洪水、严霜、烈焰之下，建立一个国家、一座长城，竖起一根灯柱，或安装一个测量器，但这个测量器不是用来测量尼罗河水位的，而是用来测量现实的，让后世知道，有时候虚假与表象的洪流竟会积得如此之深。如果你正站在事实的对面，你就会看见太阳的两面都闪烁着微光，仿佛一把半月形的弯刀，你能感觉到它锋利的刀刃划过你的心脏和骨骼，于是你就这样欢快地结束了你在人世的生活。不管是生或是死，我们寻求的都只是现实。如果死亡就要临近，那就让我们去听听自己喉咙里的咕哝声，去感受四肢的冰冷。如果我们仍活着，那就让我们继续自己的工作吧。

我位于高处的土地

我的土地虽在高处，
却并不干燥，
你称作露水的东西，

浸透了我的土地；

尽管位于空中，

它仍接近地面；

它的土壤是蓝色的，

也是纯净的。

声音

困于书中

当我们被局限在即便是最精选也最经典的书籍中，并只阅读那些本身无非是些地方性方言的特殊文字时，我们便很有可能会忘记那种无须隐喻便能描述出万事万物的语言，而只有它才是最丰富也最标准的语言。这种语言大部分是公开的，但印刷成文字的却很少。从百叶窗透进来的光线，在百叶窗完全打开之后，便不再被人记起。没有任何方法或训练能取代时刻保持警觉的必要性。与学习如何永远凝视该凝视的景象相比，那些精挑细选的历史课、哲学课、诗歌课，或最好的社会，最令人羡慕的生活方式又算得上什么呢？你愿意做一个读者、一名学生还是一个预言家呢？预测一下你的命运，看看前方有什么在等着你，然后继续向着未来前进。

第一年夏天，我没有读书，而是给豆子锄草。不，我其实还做了许多别的事情。有时，我不想把当下美好的时光浪费在任何劳动上，不管是脑力劳动还是体力劳动。我喜欢给生活留出足够的余地。有时，在某个夏日清晨，像往常一样洗过澡之后，我便坐在阳光和煦的门前，从日出一直坐到正午，沉浸在遐想之中，四周被松树、山核桃树、漆树环绕，享受着不受任何打扰的孤独与寂静，鸟儿歌唱着或无声地疾飞过我的屋子，直到太阳照在我的西窗上，远处的公路上传来行人马车的辚辚声，我才意识到时间的流逝。我在这样的时光里成长，就如同玉米在夜间生长一般，这样的闲坐远比任何的劳动都要好很多。它们不仅没有减少我生命的时光，反而延长了我寻常的寿命，而且延长了很多。我终于理解了东方人所谓的沉思和无为的含义。我通常不会在意时间是如何流逝的。白昼在前进，仿佛只是为了照亮我的某些工作；刚才还是早晨，但你看，现在已是傍晚，而我却什么值得纪念的工作都没有完成。面对着持续不断的好运，我没有像鸟儿般欢快地歌唱，而只是静静地微笑。就像那只停在我门前山核桃树上不停啁啾的麻雀，我也在屋子里咯咯地笑着，或低声鸣唱着，或许树上的麻雀也能听到我的笑声与歌唱声。我的每一天不是一周中的每一天，不带有任何异教徒神祇的标签，也没有被分割成一个个小时，更不会被时钟的嘀嗒声所烦扰；因为我的生活就像普里族印第安人（Puri Indian）①的生活一样，据说"他们用同一个词表示昨

---

① 普里族印第安人，生活在南美洲北部沿海地区和巴西的印第安人部落，现已灭绝。

天、今天和明天，而在表达不同的意思时则会加上手势：指背后代表昨天，指前面代表明天，指头顶则代表正在流逝的今天"。毫无疑问，这些在我的市民同胞看来纯属懒惰；但是，如果鸟儿和花朵用它们的标准来考验我，我想我应该也是合格的。一个人必须从其自身找缘由，这话说得一点都没错。自然状态的生活是平静安宁的，因此也就无法指责他的懒散。

我的生活方式至少有这样一个好处，相比那些需要到户外、社会以及剧院去寻求娱乐的人，它本身便是我的娱乐，而且永远新奇不断。它就是一场永远不会谢幕的多幕剧。如果我们能够经常依据自己所学到的最新最好的方式来规划和管理我们的生活，就不会被无聊所困扰。紧紧跟随你的天性，它会时刻都为你展现出一幅全新的图景。做家务也是一种愉快的消遣。当我的地板脏了，我就早早起床，将所有的家具都搬到门外的草地上，把床和床架堆成一堆，然后在地板上洒上水，再把从湖里捞上来的白沙撒在上面，接着用扫帚把地板扫干净；等到村民吃完早餐后，太阳已经把我的屋子晒得很干，我又可以把家具重新搬进去了，而我的冥想依然没被打断。我很高兴看到我所有的家具都在草地上堆成一堆，就跟吉普赛人的行李堆一样；而那少了一条腿的书桌被放在松树与山核桃树中间，桌上的书、笔和墨水都没动过。它们似乎很乐意在外面待着，不愿再被搬进屋内。有时我很想在它们上面搭一个遮阳篷，然后坐在遮阳篷下面。看着阳光照在它们上面，听着微风吹拂过它们，是件很惬意的事；大部分熟悉的东西在室外看比在室内看要有趣得多。一只小鸟停在邻近的树枝上，长生花①在桌子底下生长，蓝莓的藤蔓缠住了桌脚，四周落满了松子、栗子和草莓叶。这类植物仿佛就这样变成了我的家具、书桌、椅子和床——因为我们的家具也曾置身于它们中间。

　　我的房子坐落在一个小山腰上，旁边紧邻着一大片森林，周围全是青翠的松树和山核桃树，距离湖岸有六杆之远，一条狭窄的小路从山腰一直通到湖岸。在我的前院里，生长着草莓、黑莓、长生花、狗尾巴草、黄花、矮橡树、野樱桃、越橘和落花生。快到五月底的时候，野樱桃短短的树干周围开满了朵朵娇嫩的伞状花朵，将道路两旁装饰得异常美丽；等到了秋天，满树又大又多的樱桃把树枝都压弯了，如花环般垂下的树枝就像射向四周的一道道光芒。出于对大自然的赞美之意，我尝了一下樱桃，虽然他们并不怎么好吃。屋子周围的光叶漆②长得很茂盛，都长得越过了我修筑的水堤，光第一个季节里便长了有五六英尺。它那宽大的、羽状的热带叶子，虽看起来有些奇怪，但却让人感到很愉悦。暮春时节，

---

① 长生花，指几种菊科植物，菊科蝶须属或者鼠曲草属植物，因其干燥后能保持花的形状和颜色长久不变而得名。比较著名的长生花有蜡菊和灰毛菊等。

② 光叶漆：拉丁文学名 Rhus glabra，是漆树科盐肤木属植物，原产于北美。树高通常在三米左右，个别可以长到五米，伸展性很强。羽状复叶，由 11～31 片小叶组成，每个叶片 5～10 厘米长，叶缘齿状，秋季呈黄色或红色。6—7 月开花，花黄绿色，果实小，毛绒状，呈圆锥状排列。

巨大的花蕾会突然从看上去已经枯死的枝条上冒出来，然后像被施了魔法般快速长成嫩绿的枝条，直径足有一英尺；有时候，我坐在窗前，看到这些肆无忌惮生长的枝条快要将它们脆弱的枝节给压垮，会突然听到一根新长出的嫩枝"啪"地突然断掉了，就像一把扇子掉落在地上，而当时一丝风也没有，原来它是被自己的重量给压断的。八月里，大量在开花时曾吸引过很多野蜜蜂的浆果，渐渐地呈现出鲜艳的绯红色，然后同样地被它们自己的重量压断了柔嫩的枝条。

❀

谁愿死愿葬都与我无关

谁愿死愿葬都与我无关，
我欲在此长留人世间；
我的心性比以往愈加年轻，
身居在原始松林间。

❀

坐在窗前

夏日的午后，我坐在窗前，看雄鹰在林中的空地上空来回盘旋；野鸽三三两两地从我眼前疾驰而过，或不安分地栖息

在屋后的白松枝上，对着天空发出一声声鸣叫；鱼鹰①从湖中
叼起一条鱼，使得平静的湖面荡起了层层涟漪；水貂偷偷地爬
出了我门前的沼泽地，在岸边捉住了一只青蛙；莎草被来回飞
驰的芦苇鸟压弯了腰；一连半个小时，我都能听见远处铁轨上
火车发出的咔嗒声，时而渐渐消逝，时而又越来越清晰，宛若
鹧鸪拍打翅膀时发出的声音，将旅客从波士顿运送到这乡间里
来。我并没有像那个被送到城镇东部一户农家的小孩一般，过
着完全与世隔绝的生活，听说那个小孩因为实在太想家，不久
便逃跑回家，把鞋跟都磨破了。他从未见过这样一个沉闷又偏
僻的地方；那里的人全都跑光了；你甚至连他们的口哨声都听
不见！我想马萨诸塞州如今都未必有这样一个地方：——

　　的确，我们的村庄早已变成一个靶子，

　　被一支飞箭似的铁路射中，

　　在和平的田野上传来它抚慰的声音

　　——协和之音。②

　　菲奇堡（Fitchburg）铁路靠近距离我住所南边约莫一百杆
之遥的湖岸。我时常沿着堤道走到村子里去，仿佛是它将我与

---

① 鱼鹰，拉丁文学名 Pandion haliaetus，是鸱鹗科鸟类鸬鹚的别称，属鸟纲鹳形目，
　　善捕鱼。其身如鸭子，头如老鹰，眼睛绿如翡翠；遍体黑色羽毛，闪现绿色光泽；
　　嘴长，顶端呈钩状；脖子粗长，颔下长有喉囊；脚蹼大如鹅掌，潜水快速自如；
　　翼长，能飞翔；因其善于捕鱼而得名。
② 引文选自埃勒里·钱宁的诗歌《瓦尔登之春》。

世界联系起来的。那些坐在货运车上跑遍全线的人，像碰到老朋友似的跟我点头打招呼，碰到的次数多了，他们便以为我是个雇工，而我也确实是个雇工。我很乐意做地球轨道上某一段路轨的修理工。

冬夏的时候，火车的汽笛声会穿透我的森林，听上去像是在农家庭院上空翱翔的老鹰发出的鸣叫声，提醒着我有许多焦躁不安的城市商人或一些从反方向来的乡村投机商人正在抵达这个城镇。这些人来到相同的地方，争相向路人叫卖着他们的货物，其喊叫声之大有时候隔着两个村镇都听得到。乡亲们，你的食品杂货到了！老乡，你们的粮食到了！没有任何人的生活能独立到可以对这些东西说个"不"字。这是还给你们的钱！乡间的人们扯着嗓子大声喊叫着；犹如长长攻城锤的木料以每小时二十英里的速度冲向我们的城墙，而村里那些疲惫不堪、负担沉重的人现在都有椅子可坐。怀着如此巨大而笨拙的诚意，乡村将座椅送去了城市。所有的印第安山间的黑浆果都被采光了，所有的蔓越橘都被运送到城里去了。于是棉花越来越多，粗布越来越少；丝绸越来越多，羊毛越来越少；书本越来越多，可著书的聪明人越来越少。

当我看到拖着一节节车厢的蒸汽机犹如行星般在轨道上往前行驶，——或者更确切点说，是像一颗彗星般往前行驶，由于火车的轨道看上去像是一个不会回转的曲线，因此观看的人就不知道以这样的速度、朝着这个方向驶去，火车是否还能回到这条轨道上来——发动机喷出的蒸汽形成一个个金银色的花环，犹如一面飘扬在空中的旗帜，也像我看到过的飘浮在高空中的一团团羽绒般的白云，一大片一大片地展开，被太阳光照亮——仿佛这位行色匆匆的半神、这位吞云吐雾的妖怪，不久便要将夕阳映照的天空做成它列车的号衣；当我听到铁马宛似雷霆的叫声响彻山谷，奔腾的马蹄声让大地为之震颤，从它的鼻孔中不断地喷出烈焰和烟雾（我不知道未来的人是否会在神话里将它们描述成会飞翔的马或者会喷火的龙），好像地球终于找到了一个能够配得上在它上面居住的种族。如果一切都像表面看起来的那样，人类将所有的资源都变成了能服务于他们崇高目标的奴仆，那该有多好！如果飘浮在蒸汽机上空的白云就是英雄创造伟绩时所挥洒的汗水，或者就像飘浮在农田上空的云雨般对人类有益，那么，所有的资源和大自然本身就会心甘情愿为人类服务，并成为人类忠实的守卫者。

我眺望着疾驶而过的清晨列车，心情就跟我眺望日出时一样，而日出也未见得比列车更准时。当列车向波士顿疾驰而去，成串的烟雾远远地飘在后面，而且越升越高，一直升到了空中，瞬间将整个太阳遮挡住，将我远方的田野都笼罩在阴影之下。跟这列天上的列车相比，那列拥抱大地的火车便显得那么的渺小，简直就像是长毛的矛头。冬天的清晨，铁马的主人一大早便起床，在被星光笼罩的群山间喂马、套马具。同样地，火也是这么早就烧起来，好让铁马体内燃起生命的热量，以便在路上飞驰。如果这件事能做得既早又无危险，那该有多好！如果雪积得很深，他们便给铁马穿上雪地靴，用一支大型铁犁从群山中开出一条通往海滨的犁沟来，而列车车厢就像是绑在铁犁后面的播种机，将所有躁动不安的人们以及流动的商品当成种子播撒在田野里。这匹火一般的骏马一整天都在乡村上空飞驰，只有在它的主人需要休息的时候才会停下来；当在远处山林的峡谷中被冰雪围困住时，即便是深夜，我也时常会被它沉重的马蹄声以及轻蔑的鼻息声给吵醒；只有当晨星升起时，他才回到马厩，不过还来不及休息就又开始新的旅程。有时候，我会在晚上听到它在马厩里把一天剩余的能量都释放出来，让紧绷的神经松弛下来，让脏腑和头脑都冷静下来，以便可以好好地睡上几个小时。如果这项事业的英勇和威严能像铁马那样持久且不知疲倦，那该有多好！

从不收起双翼的伯劳鸟平稳飞翔

从不收起双翼的伯劳鸟平稳飞翔，
在春夏秋冬四季里来回穿梭，
此刻，它栖息在严冬的鬓发旁，
在他的耳边发出尖厉的呼哨。

铁路

　　在城镇的边缘地区，人迹罕至的森林中，从前只有猎人会在白天的时候进出，如今即便是漆黑的夜晚，也会有豪华的铁路客车疾驰而过，而当地的居民却完全不知晓；此刻还停在村镇或城市里人群拥挤、灯火通明的车站月台上，下一刻已停在了阴沉的伤心沼泽（Dismal Swamp）①，将猫头鹰和狐狸都吓跑了。如今，列车的进出站时间成了康科德镇每天的大事。列车每天既规律又准时地来回奔驰，而且它们的汽笛声很远就能听得到，农民便据此来校正钟表的时间，于是一个管理严格的机构把整个国家调整得井井有条。自从铁路被发明以来，人们难道不是更能遵守时间了吗？与在驿站相比，人们在火车站不管是说话还是思考，难道不是都快了很多吗？火车站的氛围仿佛被通上了电流，令人振奋不已。对于它所创造的奇迹，我感到很震惊；那些我曾信誓旦旦预言绝不会乘坐如此快捷迅速的交通工具去波士顿的邻居们，如今车铃一响他们便已出现在站台上。"铁路办事之风尚"已成为生活中的一句流行语；而且对于任何权威机构经常性地、真心诚意提出的警告——远离铁轨，我们是一定要听取的。因为在这种情况下，没有人会去

---

① 伤心沼泽，即弗吉尼亚州东南部和北卡罗来纳州东北部的沿海平原地区，原本是一片充满泥炭和水的沼泽地，第一条途经该地区的铁路在1830年开通，由于当地艰苦的施工条件，这条线路被当时的人们视为铁道事业发展的里程碑。

宣读《反暴动法案》①，也没有人会朝着他们的头顶开枪。我们已然创造了一种永远不会偏离原定轨道的命运，命运的名字就叫阿特洛波斯（Atropos）②（就让它成为你火车头的名字吧！），它会在特定的时刻通知人们这些箭镞将会朝着大地罗盘上哪些特定的方向射去，但它不会干涉别人的事情，孩子们正乘坐另一条铁轨去学校上学。我们的生活因它而变得更加稳定。我们全都被教育成了退尔（Tell）③的儿子。空气中到处都是看不见的箭矢。除了你自己要走的道路之外，条条都是宿命的道路。既然如此，请继续走你自己的路吧！

商业令我钦佩之处在于它的进取心和勇敢。它不会双手合十向朱庇特（Jupiter）大神祈求。我看到这些人每天都或多或少怀着勇往直前和心满意足的心态去从事他们的商业活动，做得比他们预想得还要多，而且做得或许比他们计划得还要更好，更有成就感。那些在布埃纳维斯塔（Buena Vista）④前线

---

① 《反暴动法案》，1714 年英国制定了《反暴动法案》，规定地方政府有权宣布十二人或以上的集会为非法集会，而被宣布为非法集会的人群必须在一小时以内解散，否则即视为严重违法，可以判处死刑。

② 阿特洛波斯，是希腊神话中三位命运女神中年纪最大的一位，手执无情剪刀，专司剪断生命之线，她的名字在希腊文中的意思是"永不偏离"，象征着命运的既定性和不可改变性。

③ 退尔，14 世纪解放瑞士的传奇英雄，他最拿手的武器是十字弓，曾被迫向放在他儿子头上的苹果射箭，一发而命中。

④ 布埃纳维斯塔，是墨西哥北部科阿韦拉州的小村，在该州首府萨尔蒂约以南约十二公里处。1847 年 2 月 23 日，美国和墨西哥军队在当地发生激烈的交战，以美国军队大获全胜结束。

奋战半小时之久的人所谓的英雄气概对我的影响，还不如那些在铲雪机里过冬的人所表现出的沉着勇猛和怡然自得对我的影响大呢；他们不仅拥有连拿破仑·波拿巴都认为是难得的凌晨三点钟的作战勇气[①]，而且还具备那种到凌晨还不肯去休息的勇气，只有在暴风雪停止或是铁马的筋骨被冻僵之后，他们才会去睡觉。在风雪肆虐、寒冷刺骨的清晨，我听见压抑低沉的汽笛声从他们冰冷的一呼一吸的浓雾中传出来，向人们宣告着列车就要进站了，而且并未晚点，完全将新英格兰东北部暴风雪的阻拦权弃之不顾。我看到那些铲雪工，全身都被雪花和冰霜覆盖，只有头部隐约露出在铲雪板上方，而被铲雪板铲翻的不是雏菊和田鼠窝，而是像内华达山脉（Sierra Nevada）[②]上的巨砾一般坚硬的石头，这些巨砾占据了宇宙的一部分外表。

　　商业出乎意料地自信、宁静、机敏、勇猛、不知疲倦。它所采用的方式都是很自然的，与那些充满幻想的事业和带感情色彩的实验相比更是如此，因此它才获得独到的成功。当一列载货的列车从我旁边呼啸而过时，我感到了神清气爽，

[①]　凌晨三点钟的勇气，这个典故出自 1823 年出版于波士顿的《圣赫勒拿岛回忆录：拿破仑皇帝在圣赫勒拿岛的私人生活和谈话》。拿破仑曾说："说到胆识，我很少见到那种凌晨两点钟的胆识，我说的是那种在毫无准备的情况下，遇到始料不及的事情，却仍然能够镇定自若地应付的胆识。"这种品质对于士兵来说是至关重要的，比如，原本正在酣睡的士兵三更半夜被突然来袭的敌军惊醒之后，应该能够毫不慌乱地应战。拿破仑宣称他自己就拥有这种罕见的天赋。在本书中，梭罗将两点钟改成了三点钟。

[②]　内华达山脉，美国西部的主要山脉，绵亘于加利福尼亚州东部，全长四百多公里。

仿佛浑身都舒展开来，我还闻到了那些货物从长码头（Long Wharf）①到尚普兰湖（Lake Champlain）②沿途所散发出来的香气，这让我想起了异国各地、珊瑚礁、印度洋、热带气候区以及浩瀚的地球。一看到那些明年夏天就会变成草帽戴在有亚麻色头发的新英格兰人头上的棕榈叶、马尼拉麻③、椰子壳、旧缆绳、麻布袋、废铁、绣钉，我就会觉得自己更像是这个世界的一个公民。此刻，这一车的破风帆，与其用来造成纸印成书，倒不如现在这样更易读和有趣。谁能够像这些破风帆一样，将他们所经历过的那些惊涛骇浪般的历史生动地描绘出来呢？它们本身都是一些无须修改的校样。首先，经过这里的是伐自缅因森林的木材，这些在上次发洪水时是没有被冲到海里的木材，因为那些被冲到海里或是被洪水冲断的木材的缘故，每千根的售价上涨了四美元。而不久前还属于同一等级，在熊、麋鹿和驯鹿头顶摇曳的松树、云杉和雪松，如今却被分出了一等、二等、三等、四等。其次，经过的是托马斯顿（Thomaston）④的石灰，头等货色，被运到很远的山区后才

---

① 长码头：位于波士顿，始建于1710年，1721年落成，在国家大街末端，因其伸入海港约半英里而得名，是美国早期殖民地年代最忙的码头。

② 尚普兰湖，以法国探险家撒母耳·德·尚普兰（Samuel de Champlain）的名字命名，长201千米，宽23千米，平均深度19.5米，最大深度122米，湖泊面积1269平方千米，坐落于佛蒙特州的绿山山脉与纽约州的阿第伦达克山脉之间的尚普兰河谷中。

③ 马尼拉麻，因原产于菲律宾而得名。它并不是真的麻，而是一种芭蕉科芭蕉属植物，其叶柄纤维十分坚固，早年常用于制造缆绳，如今多用于造纸。

④ 马斯顿，缅因州东南部的一个小镇，其生产的石灰以品质上乘著称。

卸下来。这些成捆成捆的破布，各种颜色、各种材质的都有，这大概就是棉织品和亚麻制品最悲惨的下场了，也是衣服最终的结局——它们的款式不再备受人们的推崇和追捧，除非是在密尔沃基市（Milwaukee）[1]，那些华丽的衣料，比如英国、法国或美国的印花布、条纹棉布、平纹细布等，都是从各地或贫穷或富裕之人的手中搜集过来的，最终却都变成了同一颜色或颜色深浅不一的纸张，而这些纸张无疑会被写上或来自上流社会或来自底层人民的真实的生活故事，且这些故事都是有事实依据的。这辆车门紧闭的列车散发出一股咸鱼味，一股浓烈的新英格兰商业气息，让我想到了大浅滩（Grand Banks）[2]和许多渔场。谁不曾见过一条咸鱼呢？它完全是为了这个世界才被腌渍的，因此没有任何东西能让它腐坏，这使那些以坚韧不拔著称的圣人们都感到自惭形秽。有了咸鱼，你可以用它打扫或铺设街道，抑或用它劈开柴火，而运输车司机则用它来使自己和货物免受风吹日晒雨淋——至于商人，就像康科德镇的商人曾经做过的那样，可以在开店营业时把咸鱼挂在门口当招牌用，到了最后就连他的老主顾都无法确定地说出挂在门口的咸鱼究竟是动物、植物还是矿物，而它却依然如雪花般纯净；如果把它放在锅里煮一下，还可以烹调出一道美味的可供星期天晚宴享用的特制腌鱼。接下来便是西班牙的牛皮，它的尾巴依

---

① 密尔沃基，美国中部威斯康星州的一个城市，在梭罗生活的年代，它曾是个偏远落后的地方，远不如纽约和波士顿时尚。
② 大浅滩，北美洲纽芬兰岛东南岸外大西洋上的浅滩，以大渔场闻名。

然是扭曲和翘起的，它仍保持着公牛在西班牙大区（Spanish main）①的潘帕斯大草原上驰骋时的仰角——真是顽强固执的典范，表明了一切本质上的缺陷都几乎是无药可救、毫无希望可言的。说实话，我承认在了解了一个人的本性之后，要使其本性在目前的生存状态下变好或变坏都几乎是没有任何希望的。就像东方人所说的那样："狗尾巴可以被烧，被压，被绑，在它身上耗费了十二年的精力之后，它仍然保持着最初的样子。" 对于像狗尾巴所显示出的这种根深蒂固的本性，唯一有效的治疗方法就是把它们制成胶，我想这也是对付它们最常用的方法，如此它们便能一动不动地固定在那里了。这里有一大桶糖浆或一大桶白兰地，指定要运往佛蒙特（Vermont）的克丁斯维尔（Cuttingsville），给约翰·史密斯（John Smith）先生；他是格林山区的批发商，负责从国外为附近的农民进口货物，此刻他或许正站在码头，盘算着最新抵达的一批货物会不会影响他原来的销售价格，同时告诉他的顾客，尽管今天早上之前他已告诉过他们不下二十遍，说下趟列车将会运来一些质量上乘的货物。这件事早已在《克丁斯维尔时报》（Cuttingsville Times）上大肆宣传过了。

这批货物上来，另一批货物就得下去。听到列车嗖嗖急驶过的声音，我从书中抬起头来，看到从遥远的北部山上砍伐的

---

① 西班牙大区，也指南美洲内陆地区，特指从巴拿马的海峡到委内瑞拉的奥里诺科河河口的南美洲北部海岸。

松树，一路经过了格林山脉（Green Mountains）和康涅狄格州（Connecticut），然后像箭矢一般在十分钟之内便穿过了整个城镇，很多人甚至都来不及看它一眼；它已经：

"成为一艘伟大旗舰上的一支桅杆。"①

听啊！运载家畜的列车来了，载着千山万岭的牲畜，载着空中的羊圈、马厩和牛棚，而拿着长杆的放牧人和牧羊的少年就站在这些牲畜之间，除了山中的牧场外全都被列车运过来了，整列火车就像被九月的大风从山上吹下来的落叶般在空中回旋飞舞。空气中充满了牛羊的咩叫之声，公牛们挤来挤去，仿佛一个放牧的山谷正在旁边经过。当最前头系铃的公羊摇响铃铛时，大山真的如公羊般奔跑起来，而小山则像小羊羔般翩翩起舞。列车中部有一节车厢挤满了放牧人，此刻他们与他们的牧群处于同等的地位，他们的职业已经没有了，可他们仍死死抓住那根无用的长杆不放，以此作为他们的徽章。可是那些牧犬如今又在哪里呢？对它们来说这是一场毫无章法的逃窜；它们已被完全抛弃；它们再也嗅不到牛羊的气息。我似乎听见它们在彼得伯勒山（Peterboro' Hills）后吠叫，或者在格林山脉西部的山坡上气喘吁吁地往上爬。它们不会再目睹牧群被

---

① 引文选自英国诗人弥尔顿（Milton，1608—1674 年）的长诗《失乐园》（*Paradise Lost*）。

宰杀的场景。它们的职业也没有了。它们的忠心和智慧现在已经没有任何的价值可言。之后它们灰溜溜地逃回自己的狗窝，或变成野狗，或与狼群和狐狸为伍。如此你的放牧生涯便这样匆匆地远去。汽笛声响起了，所以我必须要离开铁轨好让列车经过。

❀

铁路于我有何意

铁路于我有何意？
我从未去看过，
它通向何处？
它填平空谷，
给燕子筑堤，
使黄沙漫天飞扬，
让黑莓遍地生长。

孤寂

愉快的夜晚

在这个怡人的夜晚，我浑身上下只有一种感觉，每一个细胞都浸润着喜悦。我以一种自由随意之姿在大自然中来回走动，像是它本身的一部分。天微微有些凉，多云，有风，我只穿了件衬衫，沿着湖边铺满碎石的小路往前走，没有什么特别的东西能吸引我的注意，一切都正合我意。蛙鸣声预示着夜晚的降临，夜莺的歌声乘着荡起微波的风从湖面上飘过来。迎风摇曳的赤杨和白杨令我心旌摇动，几乎喘不过气来；但就像湖水一样，我宁静的心绪只微微起了涟漪，并未激起浪花。和平静的湖面一样，晚风荡起的微波距离狂风巨浪还很遥远。虽然天色已暗，林中的风却依旧在吹着、咆哮着，湖中的波浪依旧在拍打着岸边，有一些动物依旧在歌唱着，而其他剩余的动物则在它们的歌声中安然入睡。世上没有绝对的宁静。那些凶猛的野兽就不宁静，它们此刻正在寻找自己的猎物；而狐狸、鼬鼠、兔子此刻也正无忧无惧地在田野和森林中游荡。它们是大自然的守望者，是连接每一个欢快黎明的链条。

当我回到家的时候，发现有人已经来过，而且还留下了名片，那些名片不是一束花，就是一个常春藤花环，抑或是用铅笔在黄色的胡桃树叶或小木块上写下的一个名字。那些很少到森林里来的人，一路上总会随手扯下一些小东西拿在手里把玩，然后或经意或不经意地把它们留了下来。曾有个人用剥下的柳树皮做成一枚戒指放在我的桌子上。我总是能知道我不在家的时候是否有客人来过，判断的依据要么是被弄弯的树枝或被踩倒的青草，要么是他们留下的鞋印。我通常还能从他们留下的一些蛛丝马迹中推断出他们的性别、年龄和身份地位，比如，丢在地上的一朵花；被拔起又被扔掉的一把青草，有些甚至被扔在了半英里外的铁路旁；或者是空气中残留的雪茄或旱烟的味道。不仅如此，我甚至经常因为闻到旱烟的气味而知道六十杆以外的公路上有旅行者经过。

我们周围一般都有一片足够大的空间，地平线从不在我们触手可及的地方。茂密的森林和湖泊并不是刚好就在我们门口，中间总是隔着一块空地，一块我们熟悉且可供我们自由使用的空地，我们多少对它进行了整理，给它围上篱笆，仿佛是把它从大自然手中夺了过来。我凭什么能将被人类遗弃的广阔空间方圆几英里人迹罕至的森林占为己用？离我最近的邻居在一英里以外，只有登上半英里外的小山顶上，才能看到他们房屋的一角。只属于我的地平线被森林团团围住，极目远眺，能看到湖的一侧是经过的铁路，而另一侧则是沿着山林公路筑起的围栏。但从极大程度上来说，我住在这儿跟住在大草原上一样孤寂。新英格兰对于我这儿来说，与亚洲和非洲一样遥远。在这里，我有专属于自己的太阳、月亮、星星，有一个专属于自己的小世界。夜里，不会有人经过我门前，或者来敲我的门，我仿佛是人类世界最初或最后一个居民。除非到了春天，隔很长时间，才会有人从村子里到这儿来钓鳕鱼——在瓦尔登湖里，他们显然只能钓到各自的天性，而鱼钩钩到的也只是无尽的黑暗——不过很快他们就带着空空的鱼篓撤退了，把世界留给黑夜和我，而黑夜的核心却从未被人类的邻居所污染。我想人类还是有一点惧怕黑暗的，尽管妖魔已被绞死，基督教也已传了进来。

但我有这样的体验：在大自然的任何事物中，都隐藏着我们最甜蜜温柔、最纯真、最鼓舞人的同伴，即便是那些可怜的愤世嫉俗之人和那些忧郁惆怅之人也能找到。只要一个人仍五官健全地生活在大自然中，他便不会有什么浓郁的忧伤。对于健全纯净的耳朵来说，暴风雨就是风神伊奥勒斯（Eolian）^①送来的音乐。没有什么东西能让一个纯真且无畏的人陷入庸俗的哀伤之中。当我尽情享受着四季的恩赐和友爱时，我相信任何东西都无法让生活变成我的负担。细雨滋润着我的豆田，虽

---

① 伊奥勒斯，希腊神话中的风神，杰出的航海家，发明了帆船，并谙于预测天气。

让我一整天都无法外出，但我却并未感到沉闷阴郁，这样说来它对我也是有好处的。尽管我因细雨无法出门给豆子松土锄草，但它比我松土锄草对豆子的意义更大。如果雨一直下不停，就算会腐坏了田里的豆子和低地上的土豆，但却滋润了高地上的青草，既然如此，那它对我就是有益的。有时，当我把自己与他人进行比较时，就会发现自己似乎比他人更受诸神的喜爱与眷顾，甚至超出了我预想的；好像诸神手中握有一份我的证明和保单却没有我同伴们的，因此才会特别给予我更多的关照和保护。我并没有在吹捧自己，如果可能的话，反倒是他们在恭维我。我从未感到过孤独，或者说从未因感到孤寂而郁郁寡欢。但有一次，那是在我进入林中生活了几周之后，整整一个小时的时间，我都在怀疑对于想过宁静健康的生活的人来说，邻居是否必不可少。孤独让人不愉快。我意识到自己有些情绪失常，但我也感觉到自己很快就会恢复正常。当这些思绪困扰着我的时候，柔和的雨丝飘落下来，我突然意识到在大自然中，在雨点的滴答声中，在我房屋周围的一切声音和景象中都存在着亲切仁爱的朋友，一种无尽且不可言说的友好气氛瞬间包围了我，让那些空想的有邻居的种种好处变得毫无意义，而且自此之后，我再也没有想过邻居这回事。每一个小松针都带着同情和怜悯扩展开来，并做了我的朋友。我很清楚地意识到这里有着我的同类，即便是在那些偏僻荒凉之地也有我的同类；此外，我还意识到与我血统最近、最富于人性的既不是素昧平生的路人，也不是相识多年的村民。从今以后再也没有什么地方会让我觉得陌生了。

"哀伤者因为不合时宜的悲痛而憔悴；
在生者的大地上，他们时日不多，
托斯卡尔（Toscar）的美丽女儿啊！"

知真理之人未必知变化

知真理之人未必知变化，
但却时刻关注着变化，
未被关注之人也有自己的见解，
只有虚假的与错误的才会消亡。

万物在改变，但并不脱离其本质状态，
而是更接近其本质状态。
抑或灭亡的是我们的愚蠢与无知，
而长存的将是智者的知识与智慧。

孤身一人

我发现很多时候独处是有益于身心健康的。有人陪伴，即便是最好的朋友，也会很快让我们感到厌烦。我喜欢独处。我发现没有比寂寞更友善的同伴了。置身于人群中有时比一个人独处室内更为寂寞。一个人在思考或工作时总是寂寞的，就让他随心所欲，想待在哪儿就待在哪儿吧。寂寞并不是以一个人与其同伴之间所隔的空间距离来衡量的。真正勤奋刻苦的学生，即便身处剑桥大学人山人海的教室中，也依旧和行走在沙漠里的托钵僧一样寂寞。农民可以独自一人在田里松土锄草或在林中伐木一整天，而不会感到寂寞，那是因为他有事可忙；但在傍晚回到家之后，他却无法独自一个人待着，而是必须混到人群中去娱乐消遣一下，以补偿这一整天的寂寞。为此，他很好奇为何那些学者能整日整夜地待在室内而不会感到无聊和烦闷；他不知道的是那些学者虽身处室内，但却和农民一样，依然在他们自己的田里工作，在他们自己的林中伐木，之后他们也会像农民一样去寻求娱乐和社交，只不过其消遣的形式可能会更简单凝练一些而已。

社交通常很廉价。我们相聚的时间很短暂，来不及让彼此获得任何新的有价值的东西。我们在一日三餐的时间里相见，让对方重新尝一下自己这块早已发霉酸臭的乳酪。我们不得不遵守一系列的规则，美其名曰文明和礼貌，从而使得这种经常性的相见能相安无事，以免公开争吵，让彼此下不了台。我们会在邮局、在社交场合、在夜晚的炉火旁相遇，我们生活的太拥挤，互相推着撞着，互相干扰，磕磕绊绊，我想我们早已失去对彼此的尊重。当然，那些重要而热情的聚会少几次也没什么关系。想一想工厂里的女工——她们从未有过独处的时间，哪怕是在梦里也没有过。如果像我住的地方那样，方圆一英里只住一个居民，那该有多好。一个人的价值并不在他的外表皮肤上，因此我们没必要去互相碰触。

我曾听说有个人在森林中迷了路，又饿又累地躺在一棵树下，由于身体异常虚弱，他产生了幻觉，看到自己周围有许多稀奇怪诞的幻影在陪伴着他，他以为那些都是真的，从而不再觉得自己很孤独。同样的，在我们身心都很健康强壮的时候，我们也可以不断从一个与此类似的，但却在更正常、更自然的社交中获得鼓舞，从而发现其实我们并不寂寞。

在我的屋子里，尤其是在没人来打扰的早上，我有很多伙伴。让我试着做几个比较，或许能描述清楚我的某些状况。我并不比湖上欢声尖叫的潜鸟更寂寞，也并不比瓦尔登湖自身更寂寞。我想问问那个孤独的瓦尔登湖都有谁做伴呢？但在它蔚蓝湖水之上飞翔的却不是恶鬼，而是蓝色的天使。太阳是孤独的，除非天空乌云密布，在那样的日子里，有时天空就好像出现了两个太阳，但其中一个却是虚幻的。上帝是孤独的——魔鬼却不会孤独，它们总是成群结队的。我不会比单独的一朵毛蕊花或牧场里的一株蒲公英更寂寞，也不会比一片豆叶、一根酢浆草或一只马蝇、一只黄蜂更寂寞。我也不会比磨坊溪（**Mill Brook**）①或一只风向标或北极

---

① 磨坊溪，康科德镇的一条小溪，因流经磨坊水闸而得名。

星、南风，抑或四月春雨、正月融雪、新房中的第一只蜘蛛更寂寞。

在大雪纷飞、狂风怒号的漫长的冬季夜晚，一位老移民兼这儿旧时的主人会偶尔来拜访我，据传瓦尔登湖是他挖掘的，湖边的石堤是他砌的，湖周围的松树是他栽种的。他给我讲过去和现在那些永恒的故事。尽管没有美味可口的东西吃，但是我们度过了一个愉快的、充满欢声笑语的夜晚，并分享了彼此对于事物的看法，他是我一个最智慧、最幽默的朋友，我非常喜欢他；他的行踪比戈夫（Goffe）和沃特利（Whalley）[①]的行踪还神秘。虽然人们都认为他早已不在人世，但却没人知道他被葬于何处。我的附近还住着一位老太太，其他人根本看不见她，我却很喜欢到她的草药园中去漫步，顺便采集一些草药，听她讲寓言故事。她种植草药的本领无人能及，而且她的记忆可以追溯到上古时代以前，她能把每一个寓言故事的来源以及它们所依据的事实都清清楚楚地讲述给我听，因为这些故事都发生在她年轻的时候。这个红光满面、身体硬朗的老太太，不管什么时候都是开开心心的，气候和季节的变化丝毫不会对她造成影响。看来，她很有可能比她的儿女们都活得长久。

阳光、雨露、微风、冬夏——这些人自然赐予我们的无法

---

① 威廉·戈夫和爱德华·沃特利，17世纪英国大革命中的重要将领，在内战结束后，极力主张处死查理一世。1660年，查理二世复辟，他们因害怕遭到报复而逃亡到了美国，在康涅狄格州和马萨诸塞州过着东躲西藏的日子。

言说的纯真和恩惠，让我们获得了如此多的健康和欢乐。它们对人类有着深切的同情和怜悯。假如有人因为正义的事业而遭到迫害，那么整个大自然都会受到影响，阳光会黯然失色，风会哀鸣，云端会滴落泪雨，仲夏的森林中，树叶会纷纷凋落，然后树木会披上丧服。我能不与大地息息相关吗？我难道不是那些化作泥土的树叶和蔬菜的一部分吗？

到底是什么药物让我们保持着健康、平静和满足呢？不是你我曾祖父的药物，而是我们的大自然这位曾祖母给予的万能药物——那随处可见的蔬菜和草药；她自己也靠这些药物而青春永驻，活得比许多和她同时代的托马斯·帕尔（Thomas Parr）[1]都长久，然后用他们衰败的脂肪来维持她的健康。我的灵丹妙药不是江湖庸医用冥河水和死海海水混合而制成的药水，我们时常会看到一些浅长形、黑色船状的马车，车上就有许多玻璃瓶装着这种骗人的药水。还是让我深吸一口早晨清新纯净的空气吧！早晨的空气啊！如果有人不愿意在每日黎明之时呼吸这清新纯净的空气，那我们就必须将它装在瓶子里，然后拿到商店里，卖给世上那些失去了黎明预订券的人们。但要记住，即便是在最冷的地窖里，它也只能保存到中午，在那之前，拧开瓶塞，让它跟随曙光女神欧若拉的脚步慢慢西行。我并不崇拜（敬仰）健康女神希吉

---

[1]　托马斯·帕尔，英国人，据传活到了一百五十二岁。

亚（Hygeia）^①，因为她是古老的医药之神阿斯克勒庇俄斯
（Esculapius）^②的女儿，在纪念碑上，她一只手里握着一条
蛇，另一只手里握着一个杯子，而那条蛇时常去喝杯子里的
水。我宁愿去崇拜赫柏（Hebe）^③，这个为主神朱庇特执杯斟
酒的女神，她是朱诺（Juno）^④和野生莴苣的女儿，拥有能让
凡人和诸神重获青春的神力。她或许是世界上所出现过的最健
康、最精力充沛、最青春亮丽的少女，她走到哪里，哪里便是
春天。

我已动用了我所有的能力

我已动用了我所有的能力，

想知道上帝为何要给予我生命，

我会仔细聆听它最微弱的声音，

---

① 希吉亚：古希腊的健康女神。Hygeia 的含义是"健全"或"完整"。希吉亚是
医药之神阿斯克勒庇俄斯的女儿和第一侍从。她主司清洁和如何长寿（预防医
学）。她还有两个医疗姐妹：帕那刻亚（"包治百病"万能药）和伊雅索（"对症
下药"）。
② 阿斯克勒庇俄斯，古希腊神话中的医神，是太阳神阿波罗和塞萨利公主科洛尼
斯的儿子。
③ 赫柏，希腊神话中负责司掌青春的女神，是众神之王宙斯和赫拉的女儿。
④ 朱诺，罗马神话中的天后，主神朱庇特之妻，妇女及婚姻的保护人，相当于希
腊神话中的赫拉；据说她有一次吃了野莴苣，然后就怀了赫柏。

然后向人类宣告上帝的旨意。

上天微妙神奇的力量

"鬼神之为德，其盛矣乎。

视之而弗见，听之而弗闻，体物而不可遗。

使天下之人，齐明盛服，以承祭祀。

洋洋乎，如在其上，如在其左右。"[1]

我们是一项实验的对象，我对此很有兴趣。在这种情况下，我们难道就不能暂时抛开这个充斥着闲言碎语的人类世界——只留下我们自己的思想来鼓舞我们？孔圣人说得很对："德不孤，必有邻。"[2]

有了思想，我们就可以在清醒的状态下欢欣鼓舞、忘乎所以。靠着心灵有意识的努力，我们就能超乎于任何行为及其后果之上。而一切事情，不管好与坏，都仿佛激流般从我们身边

---

[1] 梭罗将《礼记·中庸》中的句子翻译成英文，其意思是：鬼神的德行可真是大得很啊！看它也看不见，听它也听不到，但它却体现在万物之中使人无法离开它。天下的人都斋戒净心，穿着庄重整齐的服装去祭祀它，无所不在啊！好像就在你的头上，好像就在你左右。

[2] 引文选自《论语·里仁》，意思是有道德的人是不会孤单的，一定有志同道合的人来和他相伴。

奔腾而过。我们并未完全融身于大自然之中。我可以是溪流中的一块浮木，也可以是从高空俯视大地的因陀罗（Indra）[①]。我可能会被戏剧表演所感动；此外，与我息息相关的一些真实事件却无法让我感动。我只知道自己是一个独立存在着的人；也可以说是一个呈现思想和情感的舞台。我意识到自己具有双重人格，因此我能站在远处像观望别人一样地观望自己。我的体验异常真切与强烈，我意识到我的一部分在从旁批评我，但它好像又不属于我，而是一个旁观者，和我并没有共同的体验，只是留意到它的存在而已，就像他不是我，也不会是你。当人生的演出结束，即便是个悲剧，观众也会散去。关于这第二重人格，无疑是虚构的，它只是想象力的产物。但这种双重人格有时让别人很难跟我们做邻居和朋友。

午后的太阳

我本以为在你的照耀下万物皆已运动过，
但其实只有时间、云彩、时间的伴侣移动过；
恶劣天气也无法改变我的想法，
在阴影中我更加确信我为何爱太阳。

[①] 因陀罗，古印度神话中印度教的主神，主管雷雨。

湖

在厌烦人类社会之后

有时候，在厌烦了人类社会和他们的闲言碎语以及村镇上的朋友之后，我就会离开惯常居住的地方向西漫步，去到城镇里那些人迹罕至的地方，去到"新的森林和新的牧场"。或者，当夕阳西下时，到费尔黑文山（Fair Haven Hill）上以越橘和蓝莓为晚餐饱吃一顿，然后再储存一些以供数日食用。水果是不会把它真正的香味献给那些购买它们的人的。仅有一种方法可以获得真正的香味，但却很少有人会采用这种方法。假如你想知道越橘真正的味道，最好是向牧童或鹧鸪请教。一个从未采摘过越橘的人，却自以为已经尝到它真正的香味，这是一个多么低俗的谬误。从没有一只越橘到过波士顿，尽管它们长满了波士顿的三座小山，却从未被城里的人们所熟知。在水果被装到车上，运往市场时，它的香味和它精华的部分，连同它的亮泽一起被磨损掉了，到最后它们只不过成了一种纯粹的填腹之物。只要天地间还有永恒的正义存在着，人们就不可能将纯正的越橘完美无瑕地从山上运到城里去。

在一天的松土锄草工作结束之后，我会偶尔去一个让人很不耐烦的同伴那里，他从早晨开始就一直在湖边钓鱼，一声不响，一动不动地好像一只鸭子或一片漂浮的树叶。在实践了各种各样的哲学之后，他通常会在我到来之前得出结论，认为自己属于修道院僧中的古老派别。那里有一位老人，是个优秀的渔夫，并擅长各种木工活，他很乐意把我的房子看作是为方便渔民而建造的；我也很高兴看到他坐在我门前整理他的渔线。我们偶尔会一起在湖上划船，他坐在船的这一头，而我坐在另一头；但彼此之间并没有过多的交谈，因为他近年来有些耳背。偶尔他会哼唱一首圣歌，与我的人生哲学异常地和谐。这样一来，我们之间的交流就完全像是一曲和谐的音乐，这比用语言进行的交流更让人感到愉悦。我时常这样，当没人跟我交谈时，我就会用桨敲打船舷，让它产生回音，使周围的森林充满一圈圈扩散开去的声浪，像动物园的饲养员激起群兽咆哮那样，我让每一个树木繁茂的溪谷和山麓都发出了咆哮之声。

在温暖的黄昏里，我时常坐在船上吹笛，看鲈鱼在我的周围游来游去，似乎是被我的笛声迷住了。月亮悄悄掠过水波荡漾的湖面，湖面上到处都是树木断枝残叶的倒影。之前，在漆黑的夏日夜晚，我曾经常和同伴一起冒险来到湖边，在那里生一堆火，我们认为这样可以把湖里的鱼吸引过来，然后我们用挂在渔线钩上的虫子做诱饵捕捉到一些鳕鱼。这样一直到深夜，我们将燃烧着的火把高高地抛到空中，仿佛流星烟火般绚烂，随后它们掉落湖中，伴随着响亮的咝咝声，火光随之熄灭，我们便在一片漆黑里摸索前进。用口哨吹着歌，穿过黑暗，我们又回到了人类的聚居地。不过现在，我已经在湖畔建造了自己的房子。

有时候，我在村子里一户人家的客厅里待到他们都去休息后，就返回到森林中；那时，为了第二天有东西可以吃，我会趁着月色划船到湖里捕鱼，听猫头鹰和狐狸在夜里唱歌，不时还能听到附近不知名的鸟雀发出吱吱的叫声。这些经历对我来说都是难以忘怀和弥足珍贵的——在离岸二三十杆之远，水深四十英尺的地方将船抛锚，船周围有时会被成千上万的小鲈鱼和小银鱼环绕，月光下它们用尾巴在湖面上不断地激起涟漪。通过一根细长的麻绳，我和生活在水下四十英尺、在夜间活动的神秘鱼类有了交往。有时，我拖着六十英尺长的渔线，任我的小船被轻柔的夜风吹得在湖上随意漂荡。我不时会感到渔线有轻微的颤动，这说明有条鱼正在渔线的一端徘徊，却又愣头愣脑不确定盲目撞上去会有什么后果，所以迟迟下不了决心。随后，你慢慢地将鱼线一点一点拉起来，一条鳕鱼被拉到空中，它一边发出吱吱的尖叫声，一边扭动着身子。尤其是在漆黑的夜里，当你的思绪在广阔浩瀚的宇宙中驰骋时，你却感到了这细微的颤动，它打断了你的梦境并将你与大自然重新连接起来，这实在是很奇妙。似乎我接下来应该把渔线向上抛到空中去，正如我把渔线向下抛到密度不一定更大的水里去一样。
如此，我就能用一个鱼钩钓到两条鱼。

让这般纯洁的恨继续支撑

让这般纯洁的恨继续支撑，
我们的爱，如此我们或许能成为
彼此的良知，
从此以后，
便有了共通之处。

我们像诸神般对待彼此，
把对于美德和真理的
所有信念赠予
彼此，而将怀疑
留给下面的众神。

两颗孤独的星球——
遥远而不可测的规则，
在我们之间运转，
但因为意识的亮光，
我们坚定地指向同一极。

让星球混乱有什么必要？——
爱经得起等待，
对它而言，一切都不会太迟，
它见证一个人尽职尽责到最后，
或者另一个人开始奉献。

它不比鲜花的色调，
更有用处，
唯有那不愿受约束的客人，
才经常光顾它的花荫，
接受它的馈赠。

尽管仁慈宽容，它却只字不语，
将更温和的沉默赐予
它的同伴们；
在夜里抚慰，
在白天庆贺。

是什么口口相传？
是什么耳耳相闻？
依照命运的旨意，
年复一年，

它传达着。

人迹罕见的情感鸿沟在裂开；
没有烦琐的言语之桥，
没有冒险的拱桥，
能跨越围绕在真诚之人身边
的那条壕沟。

没有任何的插销和门闩
能将敌人拒之门外，
或逃离他隐藏的地雷，
它带着怀疑入内，
并用此划清界限。

大门口没有哪个守卫，
会让友军进入；
但是，就像照耀一切的太阳，
他最终会赢得城堡，
并照亮四周的城墙。

据我所知，在这个世界上没有什么
能够逃离爱，
不管它是向下潜入深渊，

或向上升至九霄。

它都在等待，就像在等待天空，

直到乌云散去，

依旧宁静地照耀，

永恒的每一天，

不管是乌云散去，

还是乌云笼罩，它都一样。

永恒不变的是爱，——

敌人可以被收买或戏弄，

从而消除他们的不轨意图，

但仁慈善良之人，

却永远不会退让妥协。

湖光之美

风景中最美妙、最富表现力的就是湖。它是大地之眼，凝视着它的人可以测出自己禀赋的高低。沿岸濒水而生的树木是它纤细的睫毛，而四周树木掩映的群山和悬崖峭壁则是悬在眼睛上的浓密眉毛。

一个九月宁静的下午，当对面的湖岸线因薄雾而模糊不清时，站在湖东岸平坦的沙滩上，我真正领悟到什么叫作"湖面如镜"。当你转过头去看，瓦尔登湖就像一条精美的薄纱披盖在山谷之上，在远处松林的映照下闪闪发光，将空气隔成一层又一层。你或许以为自己能从它下面径直走到对面的山上而不被弄湿，又或许你认为掠过湖面的燕子会在它上面停落。的确，燕子有时会潜入水里，好像只是偶尔的失误，转瞬便又醒悟过来。当你越过湖面向西眺望时，你需要用双手遮住双眼，以抵挡真正的太阳光和湖水反射的太阳光的照射，因为它们都很明亮耀眼；假如你能仔细地观察夹在这两种光之间的湖面，你会发现它真的是光滑如镜，除了一些掠水昆虫在湖面上均匀分散，但它们在阳光下的运动使得湖面上闪现出让人无尽遐想的美妙光亮；或者，正在梳理自己羽毛的野鸭子也会打破这份宁静；又或者，正如我之前所说，一只燕子掠过湖面，它飞得很低以至于碰到了湖水。还有可能是远处的一条鱼，在空中划出一道三四英尺长的弧线，它跃出水面时闪出了一道光，落回水中时又闪现了一道光；有时这两道亮光会连成一道完整的弧线；有时湖面上会零星地漂浮一些蓟草①的冠毛，鱼儿向着那些冠毛飞跃过去，湖面就会再次激起一层层涟漪。湖水就像是熔化的玻璃，虽已冷却，但尚未凝结，里面的少数微尘就像玻璃中的小气泡般纯净而美丽。你时常还能发现一片更平静、色泽更幽深的水域，仿佛被一张无形的蜘蛛网与其他的水域隔开

---

① 蓟草，菊科类蓟族植物的统称，其花谢之后会生绒毛，绒毛里含有种子，风吹时即四处飘散。

来，经常会有很多的蜻蜓停在它上面休息。从山顶俯瞰，你会看到湖面上几乎到处都有跃起的鱼儿。在这般平滑的湖面上，不管是小梭鱼，还是小银鱼，只要它们在水上捕虫，就会打破整个湖面的平静。如此简单的事实却可以被如此精妙地阐释，真的是妙不可言。鱼类世界里的谋杀被暴露出来，我远远地站在高处观望，看到湖面上一圈圈的涟漪不断扩大，直径大约有六杆那么长。你甚至也能看见水蟒（豉甲）①在平静光滑的湖面上不停歇地飞出四分之一英里的距离，因为它们使湖面泛起了涟漪，旁边有两条分叉的界限，而在湖面上滑来滑去的水掠虫却没有使湖面荡起任何明显的涟漪。每当湖面波涛兴起时，水蟒和水掠虫便立时不见了踪影。很显然，只有在风平浪静、水波不兴的日子里，它们才会离开自己的避风港，冒险似的从湖岸一边开始一次次短距离的滑行，直到滑过整片湖面。在一个秋高气爽的日子里，于温暖的阳光中像这样坐在山顶的树桩上，静静地俯瞰全湖的景致，欣赏波光荡漾的水涡，看它们在倒映着天空和树木的湖面上永不停歇地刻印着，要不是因为它们，你也许都发现不了那片湖面，这真是件令人心旷神怡的事情。在这样一片宽广的湖面上，一切的搅扰不安都会立刻被平息，最终归于平静，就像从湖里装走一瓶水，湖面上荡起的一圈圈水波在流回岸边之后，一切就又恢复到平静的状态。有鱼

---

① 豉甲是一种水生甲壳虫，它们身体颜色大多为黑色，成虫多在水面漂游，幼虫水栖。它们的复眼分上下两个，可以同时观察水面之上和水面之下的情景。常群集浮于安静水塘或湖的水面，旋转洄游，捕食落在水面的昆虫与其他生物。

跃出湖面，或有昆虫落在湖面上，它就会荡起线条优美的层层旋涡，就好像清泉不时地喷涌，生命脉搏舒缓的跳动和胸腔的呼吸起伏。我们无法分辨那颤动究竟是源于喜悦还是痛苦。这是多么平和安静的湖啊！人类的杰作又像在春天里那般闪着耀眼的光。而每一片树叶、每一条嫩枝、每一块石头、每一张蜘蛛网都宛如披上了春天的晨露，在此刻的午后散发着星星点点的光芒。船桨或昆虫的每一个动作都会发出一道闪亮的光来，而每一次的划桨声又将引起何等美妙的回音啊！

　　在九月或十月这样的一天里，瓦尔登湖成了一面完美无瑕的森林之明镜，四周镶嵌着在我眼中珍贵如稀世之宝的石头。或许在这个世界上，没有什么能像瓦尔登湖这般，如此美丽，如此纯洁，又如此宽广。水天一色。它无须栅栏将它围起来。民族的兴衰于它没有任何的污损。它是一面石头无法敲碎的明镜，它的水银永不会磨损脱落，而它的装饰，大自然则会时常帮它修补。任何狂风暴雨或尘埃都不能让它常新的镜面变得暗淡无光；所有落在它上面的杂质都会沉到湖底，它的镜面则由太阳用它的雾气来拂拭——这是一块用光织就的拂拭布——在它上面哈气也不会留下任何的痕迹，而它自身哈出的气则会变成云雾，飘浮在水面的高空之上，最后又会被静静地倒映在湖水中央。

　　这片水域暴露了空中的精灵。它不断地从上空接受新生命和新举动。就其本质而言，它是天地之间的媒介物。在大地上，只有草木能如波浪般起伏摇摆，而湖水却被风吹起了涟漪。从一道道波纹或一片片波光中，我看到微风掠过了湖面。能够俯视湖面真是件妙不可言的事情。也许，我们最终也能够仰望天空的表面，看看是否会有更微小的精灵从它表面掠过。

　　十月末，严霜降临，掠水虫和水蜘便从此不见踪影。到了十一月，再也没有什么东西会在晴朗的日子里让湖面荡起涟漪。十一月的某个午后，持续了好几天的暴雨终于停止，整个世界一片安静，而天空依旧阴沉沉、雾蒙蒙的，此时我发现湖水格外的平静，平静得叫人很难辨别出哪里是湖面。十月亮丽的光彩虽不会再倒映在湖中，但十一月周围群山暗沉的颜色却被映在了湖中。虽然划过湖面时我已经尽可能地放轻了动作，但船只所激起的微波还是远远地扩散到我视线所及之处，搅乱了倒映在湖中的影子。然而，当我从湖面看过去的时候，我发现远处不时会有微光闪现，好像一些躲过了严霜的水掠虫又重新在那里聚集；又或许是湖面太过于平静，使得从湖底喷涌上来的泉水也被无意间看到。缓缓地将船划到那儿，我惊奇地发现自己已被无数的小鲈鱼包围，它们大约有五英尺长，在翠绿的湖水中呈现出艳丽的青铜色；它们在水中嬉戏，还不时跃出湖面并激起层层涟漪，有时还会在湖面上留下一个个气泡。在这般清澈透明又深不见底的水中，倒映着天空中的云彩，置身于此，我仿佛感觉是坐着气球在空中飘浮。小鲈鱼的游动让我觉得它们好像在飞翔或盘旋，仿佛它们就是一群飞鸟，在我的下方或左或右地飞绕，而它们的鳍像风帆一样，在它们周围张开。湖中有很多种这样的鱼类，很显然它们想在冬天降下的冰

幕遮盖住天光之前，好好享受一番这短暂的季节；有时，被它
们激起水波的湖面，就好像微风拂过的湖面或是雨滴飘落时的
湖面。当我不小心靠近而使它们受到惊吓时，它们会突然横扫
尾巴，激起水花，此时湖面像是被人拿灌木丛的树枝拍打了一
下，然后它们就立刻躲到湖底深处去了。后来，风大了起来，
雾气也变得更浓，水波开始涌动，小鲈鱼比先前跃得更高，半
截身子已跃出湖面，然后一下子整个身子跃出湖面，空中成百
的黑点，足有三英寸长。有一年，已经到了十二月五日，我在
湖面上还看到一些涟漪，以为大雨马上就要来了，空中雾气弥
漫，于是我匆忙坐到划桨的座位上往家的方向划；雨滴似乎越
来越大了，尽管我没有感觉到有雨滴打在脸上，但我已做好浑
身湿透的准备；可是突然湖面的水波消失不见了，原来这些都
是鲈鱼搅出来的，我划桨时的声音吓得它们躲到了湖底深处，
我看着它们成群地隐没在湖中，然后消失不见。就这样，我当
天下午并未被雨淋湿。

事实上，事实上，我也无法说清

事实上，事实上，我也无法说清，
尽管我已仔细深思过，
哪个更容易陈述，
我所有的爱，抑或我所有的恨。

一定，一定，要相信我，
当我说你真的很让我厌烦。
啊，用恨来恨你，
恨将欣然湮灭；
尽管有时会违背我的意愿，
但我亲爱的朋友，我依然爱你。
这是对我们之爱的背叛，
也是对上帝所犯的罪恶，
使那纯洁、无私的恨，
打了一点折扣。

我的结论

给我真理吧

　　我不要爱，不要金钱，不要名誉，请只给我真理吧。我坐在餐桌前面，那里有满桌的美酒佳肴，有盛情的招待和服务，却没有真诚和真理；我时常在离开这冷漠的餐桌时仍感到饥肠辘辘。餐桌前的盛情招待犹如冰雪般寒冷，因此我想也没有必要再用冰块来冰冻他们了。当他们跟我说那酒的年份有多久，商标有多著名时，我却想到了一种年代更久远、更新、更纯粹的酒，这种酒的牌子更有名，但他们这里却没有，也无处可买。那些风光、豪宅、庭院、休闲娱乐对于我来说没有任何意义。我曾去拜访一位国王，他却让我在大厅里等他，表现得就像一个不懂盛情招待为何物的人。我有一个邻居，虽然住在树洞中，行为举止却像一个真正的国王。如果我去拜访他，我应该能受到热情的款待。

无聊的道德观

我们还要在走廊里坐多久，遵循着那些无聊又陈旧的道德观，使得所有的工作都变得荒唐可笑？好像每个人每一天的开始都要经历一番苦痛，雇个人替他给土豆锄草；然后下午的时候，怀着一颗善良的心去践行基督教宣扬的仁慈和温顺。想想那些傲慢自大、停滞不前的人吧。这一代人有点沾沾自喜地以为自己属于光荣传统的最后传承；无论是波士顿、伦敦、巴黎还是罗马，它们都认为自己拥有悠久的历史，并扬扬自得地诉说着自己在艺术、科学以及文学领域的进步。到处都是关于哲学学会的记载，到处都是对于伟人的公开赞美诗。这完全就是亚当在夸耀他自己的美德。"的确，我们是做过伟大的事情，唱过神圣的赞歌，而这些都将永垂不朽"——也就是说，只要我们还记得他们，他们就是永垂不朽的。但是，亚述（Assyria）①那些渊博的学术团体和伟大的人们——他们又在何处，有谁还会记得他们呢？我们是多么年轻的哲学家和实验主义者啊！我的读者中，至今还没有一个走完全部的人生旅程。这些岁月或许只是人类生命的春天。即使我们早已经历过

---

① 亚述，古代美索不达米亚地区的古国，从公元前2000年到公元前605年间，一直是该地区的霸主。

七年之痒①，我们也没有看到康科德遭受的十七年蝗灾。对于我们所生存的地球，我们仅仅了解到一点表层。大多数人没有深入过水下六英尺，也没有跳到六英尺以上的高度。我们不知道自己身在何处。此外，我们几乎有一半的时间都是在沉睡中度过的。可是我们却自认为自己很聪明，自以为已经在地球上建立了秩序。的确，我们是深刻的思想家，也是有雄心壮志的人！我站在森林中，看着在松针间爬行的一只昆虫正试图将自己隐藏于我的视线之外，我不禁问自己，为何它会珍视那些谦虚的思想，为何它会躲避我，而我或许可以帮助它，给它的族群带去一些可喜的消息。我禁不住想，或许一个更伟大的施惠者与智者，也在俯视着我这个爬虫一样的人。

❀

太多新奇

各种新奇的事物正源源不断地涌入我们生活的世界中，而我们却忍受着不可思议的无聊。我只需提起即便在最开明的国家里，我们还在听怎样的说教就够了。如今还有譬如快乐、悲伤这样的词语，但它们都不过是用鼻音哼唱出的叠句而已。而我们的信仰还是那么的平淡和低贱。我们自认为只要换换衣服就可以了。据说大英帝国很庞大、很可敬，而美国是个一流强

---

① 七年之痒，这里指疥疮，一种由疥螨引起的皮肤病。

国。我们不相信每个人的背后都有潮起潮落，而这浪潮能像浮起一个小木片般将大英帝国浮起，只要这个人有此决心。有谁知道下一次还会出现什么样的十七年蝗灾？我所生活的世界的政府，不像英国的政府那般是在夜宴之后的酒桌上通过谈话建立的。

生命宛如流水

　　我们的生命宛如河中之水。今年它可能会涨得空前的高，淹没干涸的高地；今年也可能是个多事之年，所有的麝鼠都被淹死。我们居住的地方不一定总是干燥的土地。我看到遥远的内陆地区，有一些河岸曾在古代就受到过河流的冲刷，但当时科学家们甚至还来不及记录它的水位。在新英格兰，有一个广为流传的故事，大家应该都听过：一只健壮而美丽的虫子，从一张苹果木做的破旧桌面上爬了出来，这张桌子已经有六十多年了，放在一位农民的厨房里，起先是在康涅狄格州，后来搬到了马萨诸塞州。孵化出这只虫子的卵，早在苹果树还活着的时候就已经寄居在树干里了，你只要数一下树木的年轮，就可以知道。连着好几个星期，人们都能听见它在里面啃噬的声音，可能是水壶的热量才使它得以孵化。听到这样的故事，还有谁不会对重生和不朽更有信心呢？虫卵最初藏在一棵活生生、翠绿的树木的树干中，后来树木渐渐风干，成为虫卵之墓。谁能想到埋在层层年轮之下的虫卵，在枯槁的木头里度过了无聊且漫长的岁月之后，竟意外孵化出一个如此美丽且带翼的生命呢？或许它已经啃咬了好多年，使得围坐在餐桌前的一家子人一听到它的啃咬声便惊慌失措。美丽的生命会意外地从世界上那些最平常的、别人赠送的破家具中出现，享受美好的夏日直到它生命的最后时刻。

　　我并不认为约翰或乔纳森这样的普通人可以理解这所有的一切。虽然时间流逝，但黎明却不会到来，这就是明天的特性。刺眼的光芒对于我们便犹如黑暗。只有我们觉醒，天空才会真正破晓。日出未必意味着光明。太阳也只不过是一颗晨星。

美德

猎人

在个人或人类历史上曾有过这样一段时期，那时猎人被视为是"最好的人"，而阿尔冈金人（Algonquins）①就曾这样称呼过他们。我们不禁要可怜那些从未开过枪的男孩们；当他们的教育被忽视得一塌糊涂时，他不再具有仁慈之心。这就是我对那些一心想要打猎的青年人所作的答复，我相信随着年龄的增长，他们很快就会厌倦打猎。在度过了一个无忧无虑的童年之后，没有一个人会肆意猎杀那些与他一样，同样拥有生存权利的生物。走投无路的兔子会像个孩子一样哭喊。我要提醒各位当母亲的，我的恻隐之心，是不仅限于以人类为对象的。

---

①　阿尔冈金人，居住在加拿大渥太华河一带的印第安人，主要以渔猎为生。

良知

良知是在屋子里培育的本能，

感觉和思考传播这罪孽，

以反常的近亲繁殖方式。

我说，把它赶出去，

赶到荒野中去。

我喜欢情节简单的生活，

它不因任何脓疱而变复杂，

一个不受病态良知束缚的健全灵魂，

无损于它所发现的这个宇宙，

我喜欢诚挚的灵魂，

它巨大的喜悦和悲伤，

不会溺死在碗中，

而是会在明天复苏。

它活在一个悲剧中，

而不是七十个；

一个值得保留的良知，

欢笑而不是哭泣；

一个睿智而坚定的良心，

时刻做好准备；

不因任何事件而改变，

不沉溺醉心于恭维；

良知对大事会担忧，

对此人们会有怀疑。

我喜欢并非全由木头制成的灵魂，

命中注定是善良的，

只对自己彻底真实，

不对任何他人虚假；

生来只顾自己的事情，

有自己的欢喜和忧愁；

上帝开始的工作因它而

完成，不致半途而废；

上帝停止的工作它来继续，

不管是崇拜还是嘲弄；

如若不善，何妨邪恶，

如若不是好神仙，那就当好魔鬼。

天哪！你这个伪君子，快滚出去吧，

过你自己的生活，做你自己的工作，然后拿走你的帽子，

对于这般有良心的懦夫，

我早已失去耐心。

赐予我淳朴的劳动者，

他们热爱自己的工作，

他们的美德是首歌，

用歌声向上帝欢呼。

超验主义者

每个人都有资格去参观家畜展览会，即便是超验主义者也不例外；于我而言，相比于牲口，我对人类的兴趣更大。我希望再一次见到那些熟悉的老面孔，尽管我不知道他们的名字。但在我看来，他们就代表着米德尔塞克斯（Middlesex）[①]的乡村，对这片土地而言，他们算得上是土生土长的白人了。这些人淳朴自然，他们的衣服不是太黑，鞋子不算太亮，他们从来不戴手套把自己的双手给遮起来。不可否认的是，我们的盛会会吸引一些奇奇怪怪的人物前来，但不管是什么样的人，只要来了，我们就都热烈欢迎。我肯定又会遇到那个弱智而又古怪的家伙，这种人一般说来应该身体也比较单薄吧，这家伙喜欢挂一根弯弯曲曲的手杖；你或许会说他手中的这根手杖毫无用处，不过看起来倒像一条僵硬的蛇，怪异得很，只适合放在陈列柜里。羊角用起来也一样方便，不过羊角难道不是比那棍

---

① 米德尔塞克斯县，美国马萨诸塞州东北部的一个县，北邻新罕布什尔州。面积二千一百九十五平方公里，成立于 1643 年 5 月 10 日，是该州原始的县之一，县名来自英国米德尔塞克斯郡。

子弯曲得更古怪吗？他从某个城镇的某个地方随身带过来很多需要人们迁就的东西，并将它们带到了康科德的丛林中，就好像他之前某个时候曾许诺过要如此做似的。因此，在我看来，其实有些人选统治者也是如此，看重的是他们的扭曲。但我觉得，一根笔直的木棍才能成为最好的手杖，一个正直之人才能成为最好的统治者。我们为何要选一个以古怪著称的人来做平淡无奇的工作呢？但是，我不知道你们是否觉得他们今天也犯了这样的错误，才会邀请我过来给你们做演讲。

在你们的农场上来来回回走过很多次，并准确地知道农场的不足是什么之后，我以一个土地测量员的身份，已经跟你们中的一些人，我的雇主们，在餐桌上聊过此事。此外，作为一个土地测量员，一个自然主义者，我就有了自由，我习惯于在你们的农场上穿行，而且穿行的次数比你们当中很多人意识到的还要频繁，这或许会让你们感到困扰。但是，令我欣慰的是，你们很多人似乎对此一无所知；当我在你们农场的一些偏僻角落里偶尔碰到你们时，你们会很惊奇地询问我是不是迷路了，因为你们之前从未在乡村或城镇的哪个地方见到过我。但如果你们了解实情之后，如果不是怕泄露我的秘密的话，我可能会很有礼貌地问你是不是迷路了，因为我之前从未在哪里见到过你。我曾好几次告诉农场主怎样从他的林场走出去最近。

好人

我们怎能信赖好人？
只有智慧之人才是公正的。
我们可以利用好人，
却无法选择智者。
没有人能超越他们；
他们认识并喜爱好人，
却不被那些知识贫乏之人
所熟知。
他们并非用眼睛让我们着迷，
而是用忠告让我们震惊；
他们不会片面地同情
个人的幸与不幸，
他们关心的是全宇宙的喜悲，
一旦获悉便产生共鸣。

道德

我们的整个生活是一种令人惊异的道德生活。善与恶之间从未有过片刻的休战。善良是唯一一项永远不会亏本的投资。

在全世界都为之震颤的竖琴音乐中，正是这种坚持善行的举动给我们以激动和欣喜。竖琴就像是宇宙保险公司的旅行推销员，不停地向人们介绍公司的规章条例，而他们的小小善行便是我们所需要支付的保险费。尽管青年人最后都会变得淡漠，但宇宙的规则却不会淡漠，它会永远和最有感情的人站在同一边。仔细聆听每阵西风的谴责之词吧，一定都会有的，谁要是听不到，谁就会比较遗憾。我们无法拨动一根琴弦，无法移动一个音栓，但道德的寓意却穿透了我们的内心。许多令人厌烦的嘈杂之音，在传了很长一段距离之后，听起来竟有点像美妙的音乐，这真是对我们卑微生活的一种高傲而甜蜜的嘲讽。

假如我仰着头高歌

假如我仰着头高歌，
即便所有的缪斯女神都将其力量赐予我，
因着对于万物卑微的爱，
所作诗歌便如其来源般微弱与浅显。

但假如我低着头摸索，
细细聆听身后智慧的声音，
满怀优于希望的信念，
急于让它后退而非前进，

让我的灵魂在那里
与内心熊熊燃烧的火焰融合，
而后诗歌将永远流传，
时间也无法改变上帝的命令。

虽只有耳朵，但我可以听得见，
虽只有眼睛，但我可以看得见；
虽活的时间不长，但我时刻活在当下，
虽只知道学习的知识，但我可以辨别真假。

此刻主要是我诞生的时刻，
也是我人生最美好的时刻；
是人类力量之花，
这是和平结束与战争开始之间的冲突。

它出现在夏日阳光最明媚的正午，
灰色的墙壁，或某个意外的地方，
不合季节的时间，无礼的六月，
因它自以为是的傲慢面孔而心烦的一天。

我从不怀疑那些无法说出口的爱，
它不值得我去购买，而我也从未想去购买，

它曾讨好年轻的我，也将继续讨好年老的我，
而今夜我将它带来了。

淫欲

一切的淫欲，虽有不同繁多的呈现形式，但本质上是相同的；而一切的纯洁也同样如出一辙。一个人不管是大吃、大喝、好色或嗜睡，其实都是一回事。它们无非都是肉体的欲求，我们只需要看一个人做其中的任何一件事，就能知道他究竟是个怎样的淫荡之徒。污秽与纯洁是不能并存的。当毒蛇在洞穴的一端受到袭击时，它便会在另一端出现。如果你想要保持贞洁，你就必须要有所节制。那什么是贞洁呢？一个人如何能知道他自己是否是贞洁的呢？答案是：他是永远不会知道的。我们只是曾经听过这种美德，但却不知道它是怎样的。我们依据曾听到的传说对它加以解读。智慧和纯洁出自身体力行，而无知和淫欲则出自懒惰。对于学生来说，淫欲便是心智懒散的习惯。一个不洁之人通常也是一个懒惰之人，他坐在火炉旁，躺在地上晒太阳，还没疲倦就想休息。如果你想要避免不洁和一切罪恶，那就勤奋地工作吧，哪怕是打扫马厩也行。天性难以克服，但它又必须被克服。假如你没有异教徒纯洁，没有他更能克制自己，也没有他更虔诚，那么就算你是基督徒又有什么用呢？我知道有许多被认为是异教的宗教制度，它们

的教规戒律让读者感到羞愧，并激发他们去做一番新的努力，尽管这些都只不过是在执行宗教仪式罢了。

我的爱

我的爱必须如
雄鹰展翅般自由自在，
翱翔于陆地和沧海
以及万物之上。

我不应当在你的沙龙
模糊了自己的双眼，
我不应当离开我的天空
和夜晚的月亮。

切勿成为捕禽者的网
阻碍我的飞翔，
它被巧妙放置
以引起我的注意。

还是做那顺风吧，
载着我遨游天际，

在你离开之后
仍涨满我的风帆。

因为你的反复无常，
我无法离开我的天空，
真正的爱将翱翔于
九天之上。

雄鹰不会容忍
他的配偶就此胜利。
而他的眼睛
直视着太阳。

劳动光荣

九月的一个晚上，结束了一天辛苦的劳作之后，约翰·法默（John Farmer）在门口坐了下来，可心里多少还是有些牵挂自己的工作。洗完澡后，他便坐下来好让自己的理智可以放松一下。那晚，天气非常寒冷，他的一些邻居都担心会降霜。他陷入沉思没多久便听到笛声传来，那声音正好符合他当时的心情。他还在想他的工作；但令他烦忧的是，尽管他脑子里装的仍是工作，他还是会不由自主地对那些跟他关系不大的事情进行设计与规划。那些无非就是些可以随时去掉的皮屑而已。但是笛子的乐符，从不同于他工作的那个领域传来，传到了他的耳朵里，唤醒他体内某些沉睡的官能起来活动。柔和优美的笛声吹走了他所居住的街道、村镇和国家。有个声音在对他说——在有可能过着荣耀的生活之时，为何要待在这里，过这种卑贱辛苦的生活呢？同样的，星星在那边大地的上空闪烁，而不是在这边闪烁——但要如何才能走出这种境况，真正迁到那边去呢？他所能想到的只是尝试一种新的艰苦朴素的生活，让心灵降到肉体之中去解救它，然后对自己越来越尊重。

人类

尘世的万物

新近发现的万物都存在于
现世的大地，
神灵和自然要素，
各有其血统。

夜与昼，一年年，
高与低，远与近，
这些是我们自己的面貌，
也是我们自己的遗憾。

你们这些河岸之神，
永居于此。

我看见你们遥远的海岬，
向两边延伸。

我听见悦耳的夜之声，
从你永不衰败的土地上传出；
别再拿时间欺骗我，
快带我到你的地域里去。

辛苦劳动的人们

大多数人，即便是在这个相对自由的国度里的人，也仅仅因为无知和错误，就被生活中那些虚假的忧虑和不必要的粗活占据了全部的精力，以至于无法去采摘生命的美果。因过度辛劳地干重活粗活，他们的手指早已变得粗糙笨拙，颤抖不止，因而也就无法进行采摘。的确，日复一日，从事劳动的人从未有闲暇时间让自身获得真正的完善；他无法维持人与人之间最高尚的关系；他的劳动一进入市场就贬值。除了做一架机器之外，他没有时间做别的。他怎会记得自己的无知呢——他就是靠无知成长的——他不是也经常在运用他的知识吗？在对他们进行评判之前，我们有时还得免费供他们吃穿，并用补品让他们恢复精力。我们天性中最优良的品质，就像水果上的果霜，只有轻手轻脚的对待才能使它得以保存。但是我们却从未如此温柔体贴地对待过自己和他人。

在庞考塔塞河之上

我们从庞考塔塞河向下游航行，
沿着这条静静的溪流到遥远的比勒利卡（Billericay）[1]，
一位睿智的诗人早已定居于此，他的光华
常常与康科德的曙光交相辉映。

犹如初现天际的星星，在高空中银光闪烁，
随着夜晚的降临而愈发明亮，
很多旅行者起初并未发现它们，
但眼睛习惯于在夜空搜寻，

熟知天上的光亮，而且看得很清楚，
高兴地向着两颗或三颗星星欢呼；
深奥的学问必须被深入地研究，
就像人们从深井里读星辰的诗篇。

---

[1]　比勒利卡，被誉为"海湾州的运动镇"，位于美国马萨诸塞州，曾被杂志评为全美国最适合运动和休闲的城镇。

这些星星永远不会暗淡，即便我们看不到它们，

它们就像太阳般永远闪烁着光芒；

是的，它们是太阳，尽管地球在运行时

必须闭上眼睛才能看到它们的光亮。

谁会忽略降落尘世的

最平凡之音或最微弱之光，

如果他知道总有一天它会被发现，

而它神圣的光芒会让太阳黯然失色？

为时未晚

当我们以教义问答①式的方法来思考什么是人生的首要目标，什么才是生活真正所需的必需品与手段时，人类似乎特意选择了这种趋同的生活方式，因为相比其他的，他们更偏爱这种生活方式。而且他们也确实相信，除了这种趋同的生活方式以外，他们没有其他的选择。但是，清醒健康的人都知道：太阳亘古常新。抛弃偏见永远也不会太晚。世界上任何一种没有经过证明的思维方式和行事做法，不管它有多么古老，都不值

---

① 教义问答：一种通过提问和回答阐述基督教教义的方式，常见于教会学校，也指用这种方式来传授教义的课程或著作。教会学校通常设有教义问答课。

得我们信赖。今日人人附和或默认的真理，明日就有可能变成虚假的谎言，纯属空言，而有些人却曾把它当成一片祥云，可以化作甘霖洒在他们的田野上。老人认为你做不到的事情，你去试过之后才发现自己是能够做到的。老人有老人的一套做事方法，新人也有新人的一套做事方法。老人有时或许不懂得，添点新的燃料便可使火苗长燃不灭；新人却会在水壶底下加一点干燥的柴火，或者是如飞鸟般疾速地绕地球旋转，颇有点气死老人的意味在里面。老人，虽年岁较长，却未必够格能充当年经人的导师，因为年岁的增长所带来的收益远不及它所造成的损失。我们不禁要怀疑，即便是那些最智慧的人，又是否从生活中学到点具有绝对价值的东西呢？老实说，老人并未有什么特别重要的忠告可以赠予年轻人，因为他们自己的经验本身就不全面，而他们的生活明摆着就是一场惨痛的教训，他们都应该清楚这些都是他们自己造成的。或许他们心中还存有一些与他们的经验不相符的信念，只不过他们早已不再年轻。我在这个星球上已生活了三十多年，还从未从我的长辈那里听到过任何有价值或诚恳的忠告，哪怕是只言片语。他们没有告诉过我任何东西，也许是因为他们根本没有什么中肯的建议可以告诉我。这就是生活，一个很大程度上我还未曾尝试过的实验；尽管来人早已亲身体验过，但这于我并无任何的意义。如果我得到了任何我认为有价值的经验，我一定会说，我的导师们对此可是只字未提过。

古老的教堂钟声

古老的教堂钟声，

我爱你美妙的乐曲，

它响彻云霄，

声音响亮清脆，

仿若在古时，

我听到的编钟声。

篮筐编织者

不久之前，一个流浪的印第安人跑到我一位著名的律师邻居家中兜售篮子。他问道："你要买篮子吗？"我的邻居回答道："不了，我不买。"那个印第安人在走出大门之后便大声叫嚷："什么呀！你是不是想饿死我啊？"看到他那些勤劳的白人邻居生活得如此富裕——那位律师只需要把辩论之词编织起来，然后财富和地位便奇迹般地接踵而来——于是他就对自己说："我也要去做生意，我要去编篮子，这件事是我能做的。"他总认为，只要编好篮子，他的那部分工作就算结束了，剩下的部分就应由白人来完成，轮到他们去购买这些篮子。但他却不知道，他必须让他的篮子值得别人花钱去买，或至少让他们觉得是值得去买的，抑或是做一些其他的值得他人购买的东西。我自己也曾编过一种结构精巧的篮子，但我却并未做到让他人觉得值得购买的地步。不过，即便如此，我也不觉得我这些篮子白编了，我关注的不是如何让他人觉得购买我的篮子是值得的，而是如何去避免非得出售这些东西的必要。为人们所赞扬并视为成功的生活，只不过是生活中的一种而已。我们为何非要夸耀其中一种生活而贬低其他的生活呢？

诗人的延误

我徒劳地看着东升的朝阳，
徒劳地看着西边的余晖，
我悠闲地眺望着别处的天空，
期盼着别样的生活。

在外面如此无尽的富裕中，
我的内心却依然十分贫穷，
鸟儿早已唱尽它们的夏天，
而我的春天却尚未开始。

我是否应该等待秋风吹来，

被迫去追寻更温暖的日子，

不将好奇的巢穴抛在身后，

树林皆不回应我的短诗?

先进的现代化设施

对于大学来说情况如此，对于许多"先进的现代化设施"来说，情况也同样如此；人们对这些东西都存有不切实际的幻想；但其实它们并不总是能取得积极的进展。魔鬼很早就对这些设施进行了投资，后来又相继加入了大量的投资，为此他们不断从中收取利滚利的回报，一直到最后。我们的发明到最后常常变成了一些将我们的注意力从正经的事情上分散开去的漂亮玩具。它们不过是一种得到改进的方法，可是目的却未经改善，而这个目标早已经能够很容易地达成，就像是直达波士顿或纽约的铁路。我们急于在缅因州和德克萨斯州之间设立电磁电报系统；但或许缅因州和得克萨斯州之间并没有什么重要的事情需要通过电报来传达。这就好比一个男子，热切地希望结识一位耳聋的著名女士，可是当他来到那位女士面前，助听器的话筒都已经拿在手上，他才发现自己无话可说。仿佛最主要的目的不是说得有道理，而是说得快。我们急于在大西洋底下铺设一条隧道①，好让从旧世界通往新世界的时间能够缩短几周；但说不定传入美国人宽阔下垂的耳朵中的第一个消息将会是阿德莱德公主（Princess Adelaide）②患了百日咳③。毕竟，那个骑着马一分钟跑一英里的人所传递的消息肯定不会是最重要的消息；他不是一个福音传道者，他跑来跑去也不是为了吃蝗虫和野蜂蜜。我都怀疑飞马柴德斯④是否曾载过一粒玉米到磨坊里去。

旅行

人类的好奇心是有多低，

以致从未探索过自己究竟有多神秘。

但梦想的宝藏，

---

① 指跨大西洋电报电缆，早在 1840 年，萨缪尔·摩尔斯（Samuel Morse）就曾提出架设横跨大西洋的海底电报电缆的设想，1850 年英国和法国间的跨海水下电缆成功开通，促使人们开始正式考虑跨大西洋电报电缆的可能性，1858 年，该线路正式启用，将北美和欧洲的信息交流时间从十天缩短到几分钟。

② 阿德莱德公主（1792—1849 年），英国王后，是英国威廉四世（William IV，1765—1837 年）的第二任妻子。今澳大利亚城市阿德莱德即是因她而得名。

③ 百日咳是由百日咳杆菌引起的呼吸道传染病，传染性很强。临床特征为咳嗽逐渐加重、呈阵发性痉挛性咳嗽，咳末有鸡啼声，未经治疗的病人，病程可延续两到三个月，故名"百日咳"。婴儿及重症者易并发肺炎及脑病。但近年来有不少报道成人患百日咳，主要表现为干咳，缺乏阵发性痉挛性咳嗽。

④ 柴德斯，18 世纪英国一匹著名的竞赛马，因其饲养者利奥纳德柴德斯而得名。

他却忘了探测。

一辈子

徘徊在同胞之间，

徘徊在这一小片的陆地之上

却从未用过探测棒。

我们不喜打听的躯体比

我们的好奇心躺得还低，

雄心勃勃的我们从未爬到如此高度。

麻雀每天飞翔的距离，

远处白云一天飘浮的距离，

远远大于多数流浪汉流浪的距离。

当然，主啊，他并未犯过什么大错，

也很少在家门前惹是生非。

他在这个低浅的世界中徘徊，

几乎没有什么崇高点的理想与希望，

在被矮墙围住的世界中，

他滔天的罪恶无处躲藏。

他不断徘徊又徘徊，直到生命的尽头，

然后才垂下他早已不堪重负的头颅。

而这就是生活，

这就是著名的纷争！

土地

四季的变化

　　一年四季的变化，每天都小规模地在湖上发生着。通常来说，每天早晨，浅水区要比深水区暖和得快，虽然到最后也许也不会特别暖和；每天傍晚至次日清晨，浅水区也冷却得更快。一天就是一年的缩影。夜晚是冬天，清晨是春天，傍晚是秋天，中午则是夏天。冰雪消融的破裂声预示着温度的变化。1850年2月24日，寒冷夜晚之后一个清新怡人的清晨，我去弗林特湖闲逛，然后惊奇地发现，我用斧头敲击冰面时发出的声音，就像敲击铜锣时发出的声音向四面八方蔓延开去；又像敲击紧绷的鼓面时发出的声音。日出后大约一小时，阳光从山上斜斜地射过来照在湖面上，湖中便开始发出隆隆的声响。它伸懒腰，打哈欠，像一个刚睡醒的人，然后动静越来越大，就这样持续三到四个小时。中午，它会短暂地午睡片刻，然后等到傍晚太阳落山之后，它又会再次活跃起来。在气候适宜的时候，湖面会定时向天空鸣响它的晚间礼炮。可是在中午，由于裂缝太多，且空气弹性明显不足，湖就完全失去了共鸣，因此鱼和麝鼠或许不会因湖上的爆炸而震惊。渔夫们常说："湖中的雷鸣吓得鱼儿都不敢来吃饵了。" 湖中并不是每晚都有雷鸣，而我也不确定它什么时候会有；有时尽管我感受不到气候的变化，它却还是响起来。谁能想到这么大、这么冷且这么厚实的东西竟会如此敏感呢？不过，它还是有自身的规律的，在需要雷鸣时便乖乖地发出雷鸣声，就像到了春天花儿就会发芽。整个大地生机勃勃，四处凸起。对于大气的变化，最大的湖泊也敏感得如同温度计中的水银。

有时，我能听见画眉鸟清脆的鸣啾

有时，我能听见画眉鸟清脆的鸣啾，

或不耐烦的松鸡刺耳的尖叫，

在与世隔绝的森林中，

山雀偶尔发出几声鸣叫，

唱着英雄的赞歌，

以表达对美德的永恒致意。

冬之声

在冬季的夜晚，不过通常是在白天，我能听到从极遥远的地方传来猫头鹰绝望而优美的叫声；那声音就宛如用琴拨弹奏冰冻的大地时发出的优美旋律，成为瓦尔登湖森林里通用的地道方言；虽然我从未见过那只唱歌的鸟儿，但却对它的声音十分熟悉。冬天夜里，我几乎一开门就能听到它的叫声，"呼——呼——呼，呼啊——呼"，而且声音异常悦耳响亮，前三个音节听起来就好像在说"你好哇"，有时就只是"呼——呼"的鸟叫声而已。初冬的一个夜晚，湖面还未被全部冻结，在大约九点钟时，我被一只大雁尖锐的鸣叫声吓到，于是我走到门口，听到它飞过我屋顶上空时拍动翅膀的声音，就像是林中的一场疾风骤雨。它们越过湖面朝着费尔黑文山飞去，似乎很害怕我屋中的灯光，而它们的领头雁则很有规律地鸣叫着。突然，我近旁的一只猫头鹰，用一种我从未在林中听到过的异常沙哑而颤抖的叫声回应着大雁，而且回应的间隔是有规律的，似乎决心想以自己那具有更大音量、更广音域的叫声让这个哈德逊湾来的入侵者出糗丢脸，然后，"呼——呼"叫着将它从康科德的领地赶出去。在夜间这个只属于我的时刻，你惊动了整个城堡是为了什么？你是不是以为这个时候我已经睡着了？你是不是以为我没有你那样的肺和喉？"呜呼，呜呼，呜呼"，这是我听过的最刺耳的叫声了。然而，如果你有一双会辨音的耳朵，便能听出这刺耳的不和谐之音中所包含的和谐之音，一种你从未在这片原野上听过的和谐之音。

解冻

我看见世俗的阳光炙干大地的眼泪，
而她欢快的泪水流淌得更加恣意。
在高速公路旁我欣然地张开双臂，
与解冻的冰雪一起消融和流淌，
让我的灵魂和肉体与雪潮融合，
我或许也能经受住大自然流动的力量。

唉，但我既不是细流也不是轻烟，
一点点靠近时间创造的伟大作品，
我听到它们隐隐流动的声响，
故我的沉默将与它们流动的旋律和谐一致。

我们的风景

瓦尔登湖的风景属于毫无起眼之列，虽然很美，但还不够宏伟壮丽，对于那些不常到此处或不住在湖边的人来说，它其实没有什么特别大的吸引力。但这样的一个湖却以其幽深和清澈而著称，值得特别详细地描述。瓦尔登湖，清澈、碧绿、幽深，长半英里，周长大约为1.75英里，占地面积大约为61.5英亩；是位于松树和橡树林中的一片长流泉，云雾和蒸汽是它唯一的来源和去处。周围的山峰突兀地高出湖面有四十至八十英尺，东南边距离湖岸四分之一英里远的山峰高出湖面一百英尺，而东边距离湖岸三分之一英里远的山峰则高出湖面一百五十英尺。而且这些山上全都长满了树。康科德所有的湖水都至少有两种颜色；从远处看是一种颜色，从近处看又是另外一种颜色。前一种颜色主要依赖于光线，并随着天空颜色的变化而变化。夏天晴朗的天气里，从稍远的地方看过去，湖水会呈现出一片蔚蓝；如果水波荡漾时，从很远的地方看过去，整个湖面会呈现一种水天一色的感觉。在狂风暴雨的天气里，湖水有时还会呈现出暗淡的蓝灰色。但是，据说海水的颜色与此不同，今天可能是蓝色，明天就会变成绿色，而这两天里我们却丝毫感觉不到任何天气的变化。

河流

当整个大地被冰雪覆盖时，我曾观察过我们的河流，不管是水还是冰都几乎呈现出一种草绿色。有些人认为蓝色是"水最纯净的颜色，无论是流动的水还是凝固的水"。但是，如果从船上直接俯瞰湖水，它们则会呈现出不同的颜色。即便从同一个角度去看瓦尔登湖，它所呈现的颜色也会时蓝时绿。因为它存在于天地之间，所以天地的颜色它便兼而有之。从山顶上俯瞰，它呈现出来的是天空的颜色；从近处看，在靠近河岸能看见细沙的地方，湖水呈现出淡淡的黄色；再往远一点便呈现出淡绿色，然后慢慢地变成了统一的深绿色。有时在光线的照射下从山顶俯瞰瓦尔登湖，你会发现它近岸处的湖水也是碧绿色的。有人认为这是周围青葱树木被倒映在湖面上的结果；可是靠近铁路沙坝那一侧的湖水也同样呈现出碧绿色，在春天树木尚未发芽之际，湖水的颜色可能也只是天空的蔚蓝色与细沙的明黄色相融合的结果。如此湖水才得以呈现出彩虹之色。同样是这块地方，一到春天，从水底反射出的太阳光的热量和从地底传出来的热量让这里的冰雪最先开始消融，形成一条狭窄的河道，而湖中央的冰冻尚未开始消解。跟湖面其他地方的水域一样，在晴朗的天气里，一旦湖波荡漾，波涛的表面就会以恰到好处的角度映射着天空，或许是因为太多光线映在湖面上，远远望去，湖水便呈现出比天空更蓝的颜色。这个时候，泛舟湖上，眺望四方，看着周围的倒影，我发现了一种美丽得无可比拟也无法言说的淡蓝色，像波纹绸、闪光绸或宝剑的剑刃所给人的那种颜色感，是一种比天空本身更纯粹的蓝色，它和水波另一边的深绿色交错出现，相比之下，深绿色就显得有些浑浊。我仍旧记得，那是一种如玻璃般透明的蓝绿色，宛如冬日太阳落山之前，透过西边天空层层的云朵所看到的片片天色。可是，当你将装满湖水的玻璃杯举到光亮处时，它却跟装满了空气一样没有任何的颜色。众所周知，一大块玻璃会呈现出绿色，而一小块同样的玻璃则不会呈现出任何颜色，根据玻璃制造者的说法，这是因为玻璃的"体积"使然。我从未去验证过瓦尔登湖到底需要容纳多少水才会呈现出绿色。一个人，当他在河上直接往下看着河水时，他看到的河水是黑色或深褐色的；而当他到河里去游泳时，就像在大多数湖中一样，他会发现自己周围的水是淡黄色的；但湖水此般的清澈透明让游泳者的身体像雪花石膏一样光洁白皙；而更奇怪的是，由于游泳者的肢体在水中被放大扭曲，于是便产生了一种夸张畸形的效果，特别适合米开朗琪罗（Michael Angelo）[1]去做一番研究。

❖
我留意到夏天的飞速消逝

我留意到夏天的飞速消逝，
拱起的草地为它编织了灰色的外衣，
沙沙作响的树林阻挡了狂风的侵袭，
久远的岁月显露出了堆积的树叶。

---

[1] 米开朗琪罗（1475—1564年），意大利文艺复兴时期杰出的雕塑家、建筑师、画家和诗人，其画作中的男性大多四肢肌肉极其发达。

啊，我能够听到远方传来的声音，
但我却无法告诉任何人，
微风吹送来的旋律在空中飘荡，
为即将逝去的岁月唱着安魂曲。

清晨的大自然

从一个宁静的冬夜睡醒之后，我恍惚觉得有人曾向我提过问题，而这些问题我在睡梦中试图回答过，但始终没找到答案，比如，什么——如何——何时——何地？我看到的是清晨的大自然，孕育着万物，带着恬静满足的笑脸照进我的窗户里来，唇边没有任何问题停留。我睁开眼看到的是一个已经有了答案的问题，是大自然和日光。散落着许多松树的地面上覆盖着厚厚的积雪，而我房屋所建的那个小山坡似乎在说："前进啊！"大自然自己从不提问题，也不回答人类所提出的问题。很久之前她就已经下定了决心。"啊，王子，我们眼含倾慕地凝视着你，并将宇宙美妙多变的景象传给灵魂。夜幕无疑遮盖了这伟大创造的一部分，而白昼的来临又将这幅从大地延伸至苍穹的伟大作品展现给我们看。"

月亮

时光不会让它失色；她是时光战车的指引者；
死亡（必死的命运）被置于她的包围（球体）之下。——
拉雷

　　圆月带着不变的光亮，
　　升上东方的天空，
　　不是注定只能在短暂的夜晚闪耀，
　　而是要永远坚定地闪耀。

　　她不会衰退，但我的命运却会，
　　因它并未受到她光亮的庇佑，
　　我任性的道路很快便消逝，
　　但她的光芒却丝毫未减。

　　假如她此时月影昏昏，
　　光线暗淡，
　　但在她的半球上，
　　她仍是光亮的主人。

冬季的消融

　　除了观察消融的泥沙沿铁路线上的深沟边缘流下时的状态外，再也没有什么现象能比这个更让我愉快的了，我每次去村里的时候，都会经过那条铁路。这种大规模的现象并不常见，尽管自铁路发明以来，新近裸露在外面由合适材料组成的铁路路基已经大大增加了。而那种合适的材料就是各种粗细不一、颜色各异的沙子，还常常夹杂着一些泥土。在春天霜降之时，或是冬天冰雪解冻的日子里，泥沙便开始像火山岩浆一样从山坡上流下，有时还会冲破积雪，流到以前从未出现过泥沙的地方。无数的小溪流互相重叠、交叉，呈现出一种混合的产物，一半遵循着水流的规律，一半遵循着植被分布的规律。泥沙在流下时，会呈现出多汁树叶或藤蔓的形态，形成一堆堆深达一英尺甚至一英尺以上的浆状式喷射物；当你俯瞰它们的时候，你会发现它们就像是那些呈锯齿状、裂开的覆瓦状苔藓；又或者，你想到的是珊瑚、豹掌、鸟爪、人脑、肺脏、大肠以及各种排泄物。这真是一种奇异的植物，它们的形态和颜色，我们曾在古代的青铜器上看到过，这种具有浓重建筑意味的叶饰比任何的莨苕叶、菊苣、常春藤、葡萄藤或植物叶子都更古老，更具典型性；在某些情况下，它或许注定会成为未来地质学家的一个未解之谜。

拾遗

圣母玛利亚

她用平静的、充满希望的眼睛
鼓舞大地的崛起，
以无所不在的谦卑之态，
她诱使天空的降落。

她仍旧站立在自己的位置上，
成了坚实大地之上的一个模型，
而不停运转的星球也过来
拥抱她稳固的地面。

每个人都是一座圣庙的建筑师

每个人都是一座圣庙的建筑师。他的身体便是他的圣殿，在里面，他完全是用自己的方式来崇敬他的神，即便他另外去琢凿大理石，他还是有自己的圣殿与尊神的。我们都是雕刻家与画家，并以我们的血、肉和骨骼为原材料。任何高尚的品格一开始就能改善一个人的形态，而任何卑劣和淫欲则会让他们堕落。

《瓦尔登湖》

我已漫步到其他神灵的道路旁

我已漫步到其他神灵的道路旁，
怀着愉悦的焦虑我能感觉到
它对于不透明体更纯粹的影响，
唉，但我注定是要学习的！
我无法改变它的恒星时①。

---

① 恒星时，天文学和大地测量学中所使用的一种计时单位。恒星时是根据地球自转来计算的，它的基础是恒星日。

一个夏日的清晨

有时，在某个夏日的清晨，像往常一样洗过澡之后，我便坐在阳光和煦的门前，从日出一直坐到正午，沉浸在遐想之中，四周被松树、山核桃树、漆树环绕，享受着不受任何打扰的孤独与寂静，鸟儿歌唱着或无声地疾飞过我的屋子，直到太阳照在我的西窗上，远处的公路上传来行人马车的辚辚声，我才意识到时间的流逝。我终于理解了东方人所谓的沉思和无为的含义……我的沉思几乎未被打断过。

《瓦尔登湖》

风弦琴的谣言

有一个无人见过的溪谷，
那儿从未有人涉足，
好像在这里，焦虑而罪恶的人生
需在辛劳和斗争中度过。

那里每一种美德都有其起源，
在它降临尘世之前，
燃烧在慷慨胸怀中的

每一种善行都将返回那里。

那里爱情温暖，青春亮丽，
而诗歌尚未吟唱，
因为美德仍在那里历险，
并自由呼吸她故土的空气。

如果你仔细聆听，
你仍可以听见它晚祷的钟声，
灵魂高尚之人经过时的串串足音，
他们的思想在和天空对话。

去围攻上帝之城吧

如果你真的走到你那一步，
去围攻上帝之城吧，
你不仅要瞄准目标，
而且要拼尽全力去拉弓，
你必须让自己有资格去使用它，
而一般的弓箭手都无法挡开。

工作

"工作，工作，工作。"工作不仅仅是一个粗鲁的警察，从更高层次来看它也是一种纪律。假如工作真的是我们实现终极目标的手段，那还有什么工作是卑微低下和令人厌恶的？它难道不是一架提升我们的梯子吗？难道不是转换我们的手段吗？

日出之前我已起来

日出之前我已起来，
拼尽全力地去工作
双臂牢牢支撑着我的辛劳，
任何阻碍都无法将其挫败。

尊重我的自由

或许，我比平常更嫉妒自己对于自由的关注和尊重……那些提供我生存必需的少量轻松劳作，那些让我对同时代人来说具有某种程度的有用性的劳作，即使现在也依旧让我心生喜悦……但我可以预见，如果我的欲望极度增加，那么为了满足欲望的奔波劳作将变成一件苦不堪言的差事。

《瓦尔登湖》

在你们自己的身上发现它

我想对我流浪的同胞们说——不必到国外的剧场去看演出，你们首先要考虑的是那里或许没有什么能让人开心或眼前为之一亮的东西，而那些东西你们都能在自己的身上找到。

《改革论文》

去成为哥伦布吧

去探索你自己更高的维度……

不，还是去成为哥伦布（Columbus）[①]吧，

探寻你内心的新世界和新大陆，

开辟新的海峡通道，不是贸易的海峡，

而是思想的海峡。

《瓦尔登湖》

---

① 哥伦布（1451—1506 年），历史上著名的意大利航海家和探险家，是第一个发现美洲大陆的欧洲人。

我已在灵魂最深处听到过

我已在灵魂最深处听到过
这般喜悦的清晨消息，
在头脑的地平线上
看到过这东方的色彩。

交流

我想和宇宙之灵交流的渴望持久且永恒。

瓦尔登湖赞歌

我无法比我居住的瓦尔登湖
更接近上帝和天堂。
我是它铺满碎石的湖岸，
我是那轻轻拂过的微风；
在我空空的手心里，
是它的湖水和沙砾，

而它最神秘幽深的胜地，

高居在我的思想里。

《瓦尔登湖》

漫步走向圣地

我们就这样漫步走向圣地，直到有一天阳光将呈现前所未有的灿烂，照进我们的思想和心扉中，用一道令人觉醒的光明点亮我们全部的生命，就如同照在秋日岸边那般的温暖、明净、金光熠熠。

《漫步》

穿过瓦尔登湖

我从瓦尔登湖经过。倒映在水中的影子呈现出了蓝色。当明亮的日光洒在洁白的冰雪之上时，影子便会格外的蓝，就仿佛我体内存在着一些神圣的、天赐的东西。

《瓦尔登湖》

我宁愿做你的孩子

我宁愿在荒无人烟的丛林中，

做你的孩子和学生，

也不愿当人世间的君王，

抑或被人服侍的拥有至高无上权力的奴隶。

亨利·戴维·梭罗作品一览表

以时间顺序排列

《佩尔西乌斯》（*Aulus Persius Flaccus*）（1840年7月）

《马萨诸塞州自然史》（*Natural History of Massachusetts*）（1842年7月）

《荷马奥西恩乔叟》（*Homer, Ossian, Chaucer*）（1843年1月）

《漫步瓦楚赛特山》（*A Walk to Wachusett*）（1843年1月）

《黑暗时代》（*Dark Ages*）（1843年4月）

《冬日漫步》（*A Winter Walk*）（1843年10月）

《复乐园》［*Paradise（To Be）Regained*］（1843年11月）

《自由的先驱》（*Herald of Freedom*）（1844年4月）

《康科德学园前的温德尔·菲利普斯》（*Wendell Phillips before the Concord Lyceum*）（1845年3月）

《托马斯·卡莱尔及其作品》（*Thomas Carlyle and His Works*）（1847年3—4月）

《卡塔丁和面阴森林》（*Ktaadn and the Maine Woods*）（1848年7—11月）

《抵制国民政府》（*Resistance to Civil Government*）（1849年）

《康科德和梅里马克河上的一周》（*A Week on the Concord and Merrimack Rivers*）（1849年）

《去加拿大远足》（*An Excursion to Canada*）（1853年1—3月）

《瓦尔登湖》，又名《林中生活》（*Walden; or, Life in the Woods*）（1854年）

《马萨诸塞州的奴隶制》（*Slavery in Massachusetts*）（1854年7月）

《科德角》（*Cape Cod*）（1855年6—8月）

《约翰·布朗最后的日子》（*The Last Days of John Brown*）（1860年）

《为约翰·布朗上校请愿》（*A Plea for Captain John Brown*）（1860年）

《森林乔木的演替》（*The Succession of Forest Trees*）（1860年10月）

《漫步》（*Walking*）《1862年6月》

《秋之色调》（*Autumnal Tints*）（1862年10月）

《野果》（*Wild Apples*）（1862年11月）

《远足》（*Excursions*）（1863年）

《无原则生活》（*Life Without Principle*）（1863年10月）

《夜晚与月光》（*Night and Moonlight*）（1863年11月）

《缅因森林》（*The Maine Woods*）（1864年）

《高地之光》（*The Highland Light*）（1864年）

参考文献

Bridgman, Richard. *Dark Thoreau*. Lincoln: University of Nebraska Press, 1982. PS3054 .B7 1982.

Cavell, Stanley. *The Senses of Walden*. San Francisco: North Point Press, 1981. PS3048 .C3.

Dean, Bradley P. ed. *Faith in a Seed: The Dispersion of Seeds and Other Late Natural History Writings of Henry David Thoreau*. Covelo, CA: Island Press, 1993.

Harding, Walter. *The New Thoreau Handbook*. NY: New York University Press, 1980. PS3053 .H32.

Myerson, Joel, ed. *Critical Essays on Henry David Thoreau's Walden*. Boston: G.K. Hall, 1988. PS3048 .C75.

Neufeldt, Leonard. *The Economist: Henry Thoreau and Enterprise*. NY: Oxford University Press, 1989. PS3057 .E25 N48.

Richardson, Jr., Robert D. *Henry Thoreau: A Life of the Mind.* *Berkeley*: University of California Press, 1986.

Schneider, Richard J. *Henry David Thoreau.* Boston: Twayne, 1987. PS3054 .S36.

Sherwin, J. Stephen. *A Word Index to Walden.* NY: AMS Press, 1985. PS3048 .S53.

拓展阅读

Barbour, John D. *The Value of Solitude: The Ethics and Spirituality of Aloneness in Autobiography.* Charlottesville: University of Virginia Press, 2004.

Beck, Janet K. *Creating the John Brown Legend: Emerson, Thoreau, Douglass, Child and Higginson in Defense of the Raid on Harpers Ferry.* Jefferson, NC: McFarland, 2009.

Bellis, Peter J. *Writing Revolution: Aesthetics and Politics in Hawthorne, Whitman, and Thoreau.* Athens: University of Georgia Press, 2003.

Bennett, Michael. *Democratic Discourses: The Radical Abolition Movement and Antebellum American Literature.* New Brunswick: Rutgers University Press, 2005.

Berger, Michael B. *Thoreau's Late Career and 'The Dispersion of Seeds': The Saunterer's Synoptic Vision.* Rochester, NY: Camden House, 2000.

Cafaro, Philip. *Thoreau's Living Ethics: Walden and the Pursuit of Virtue*. Athens: University of Georgia Press, 2004.

Cain, William E. ed. A *Historical Guide to* HDT. NY: Oxford University Press, 2000.

Dean, Bradley P. ed. *Letters to a Spiritual Seeker*. NY: Norton, 2004.

Dillman, Richard. *The Major Essays of Henry David Thoureau*. Albany, NY: Whitston, 2001.

Dolis, John. *Tracking Thoreau: Double-Crossing Nature and Technology*. Madison: Fairleigh Dickinson University Press, 2005.

Friedrich, Paul. *The Gita Within Walden*. Albany, NY: State University of NY Press, 2008.

Goto, Shoji and Cole, Phyllis. *The Philosophy of Emerson and Thoreau: Orientals Meet Occidentals*. Lewiston, NY: Mellen, 2007.

Guthrie, James R. *Above Time: Emerson's and Thoreau's Temporal Revolutions*. Columbia, MO: University of Missouri Press, 2001.

Hourihan, Paul. *Mysticism in American Literature: Thoreau's Quest and Whitman's Self*. Redding, CA: Vedantic Shores Press, 2004.

Johnson, Rochelle L. *Passions for Nature: Nineteenth-Century*

America's Aesthetics of Alienation. Athens, GA: University of Georgia Press, 2009.

McMurry, Andrew. *Environmental Renaissance: Emerson, Thoreau, and the Systems of Nature.* Athens: University of Georgia Press, 2003.

Meehan, Sean R. *Mediating American Autobiography: Photography in Emerson, Thoreau, Douglass, and Whitman.* Columbia: University of Missouri Press, 2008.

Newman, Lance. *Our Common Dwelling: Henry Thoreau, Transcendentalism, and the Class Politics of Nature.* NY: Palgrave Macmillan, 2005.

Petrulionis, Sandra H. ed. *The Writings of Henry D. Thoreau: Journal, 8: 1854.* Princeton: Princeton University Press, 2002.

——*To Set This World Right: The Antislavery Movement in Thoreau's Concord.* NY: Cornell University Press, 2006.

Robinson, David M. *Natural Life: Thoreau's Worldly Transcendentalism.* Ithaca, NY: Cornell University Press, 2004.

Rossi, William. ed. *Wild Apples and Other Natural History Essays.* Athens: University of Georgia Press, 2002.

Schneider, Richard J. ed. *Thoreau's Sense of Place: Essays in American Environmental Writing.* University of Iowa Press, 2000.

America's Aesthetics of Alienation. Athens, GA: University of Georgia Press, 2009.

McMurry, Andrew. *Environmental Renaissance: Emerson, Thoreau, and the Systems of Nature.* Athens: University of Georgia Press, 2003.

Meehan, Sean R. *Mediating American Autobiography: Photography in Emerson, Thoreau, Douglass, and Whitman.* Columbia: University of Missouri Press, 2008.

Newman, Lance. *Our Common Dwelling: Henry Thoreau, Transcendentalism, and the Class Politics of Nature.* NY: Palgrave Macmillan, 2005.

Petrulionis, Sandra H. ed. *The Writings of Henry D. Thoreau: Journal, 8: 1854.* Princeton: Princeton University Press, 2002.

——*To Set This World Right: The Antislavery Movement in Thoreau's Concord.* NY: Cornell University Press, 2006.

Robinson, David M. *Natural Life: Thoreau's Worldly Transcendentalism.* Ithaca, NY: Cornell University Press, 2004.

Rossi, William. ed. *Wild Apples and Other Natural History Essays.* Athens: University of Georgia Press, 2002.

Schneider, Richard J. ed. *Thoreau's Sense of Place: Essays in American Environmental Writing.* University of Iowa Press, 2000.

Cafaro, Philip. *Thoreau's Living Ethics: Walden and the Pursuit of Virtue*. Athens: University of Georgia Press, 2004.

Cain, William E. ed. A *Historical Guide to* HDT. NY: Oxford University Press, 2000.

Dean, Bradley P. ed. *Letters to a Spiritual Seeker*. NY: Norton, 2004.

Dillman, Richard. *The Major Essays of Henry David Thoureau*. Albany, NY: Whitston, 2001.

Dolis, John. *Tracking Thoreau: Double-Crossing Nature and Technology*. Madison: Fairleigh Dickinson University Press, 2005.

Friedrich, Paul. *The Gita Within Walden*. Albany, NY: State University of NY Press, 2008.

Goto, Shoji and Cole, Phyllis. *The Philosophy of Emerson and Thoreau: Orientals Meet Occidentals*. Lewiston, NY: Mellen, 2007.

Guthrie, James R. *Above Time: Emerson's and Thoreau's Temporal Revolutions*. Columbia, MO: University of Missouri Press, 2001.

Hourihan, Paul. *Mysticism in American Literature: Thoreau's Quest and Whitman's Self*. Redding, CA: Vedantic Shores Press, 2004.

Johnson, Rochelle L. *Passions for Nature: Nineteenth-Century*

Sperber, Michael. *Henry David Thoreau: Cycles and Psyche.* Higganum, CT: Higganum Hill, 2004.

Worley, Sam M. *Emerson, Thoreau, and the Role of the Cultural Critic.* Albany, NY: State University of New York Press, 2001.

作者简介

　　艾伦·雅各布斯（Alan Jacobs），英国拉玛那·马哈希基金会的主席。他一生都致力于研究神秘主义，主要作品包括《诗歌创译的奥义书》（*Poetic Transcreations of the Principal Upanishads*）、《薄伽梵歌》（*The Bhagavad Gita*）和《诺斯底福音书》（*The Gnostic Gospels*）。除了编辑《诗歌的精神》（*Poetry for the Spirit*）和《心境的安宁》（*Peace of Mind*）两部诗歌选集外，作为一位诗人，他还自己写了两本诗集，分别是《麦琪的诃子》（*Myrobalan of the Magi*）和《司掌着音乐在波光粼粼的海面逡巡》（*Mastering Music Walks the Sunlit Sea*）。此外，他创作了《耶稣在印度》（*When Jesus Lived in India*）以及一部中篇小说《乌托邦》（*Eutopia*）。他一直居住在伦敦。